Earth girl's love words
地球 少女的情话

程安 著
CHENG AN

图书在版编目（CIP）数据

地球少女的情话 / 程安著. -- 北京：新世界出版社，2019.10

ISBN 978-7-5104-6891-9

Ⅰ. ①地… Ⅱ. ①程… Ⅲ. ①故事－作品集－中国－当代 Ⅳ. ①I247.81

中国版本图书馆CIP数据核字(2019)第197361号

地球少女的情话

作　　者：程　安
责任编辑：黄　倩
责任印制：王宝根
责任校对：宣　慧
出版发行：新世界出版社
社　　址：北京西城区百万庄大街24号(100037)
发 行 部：(010)6899 5968　　(010)6899 8705（传真）
总 编 室：(010)6899 5424　　(010)6832 6679（传真）
http://www.nwp.cn
http://www.nwp.com.cn
版 权 部：+8610 6899 6306
版权部电子信箱：nwpcd@sina.com
印　　刷：三河市骏杰印刷有限公司
经　　销：新华书店
开　　本：710mm×1000mm　1/16
字　　数：170千字　印张：17
版　　次：2019年10月第1版　2019年10月第1次印刷
书　　号：ISBN 978-7-5104-6891-9
定　　价：39.90元

版权所有，侵权必究

凡购本社图书，如有缺页、倒页、脱页等印装错误，可随时退换。
客服电话：（010）6899 8733

献给爱幻想的你——

无论你在哪里，在干什么，

都有一个宇宙因你而生，为你绽放。

CONTENTS 目录

001 **第一辑**
我们牵手童话

　　爱情设计者 / 002
　　地球少女的情话 / 028
　　袋鼠先生和兔几姑娘 / 050

083 **第二辑**
恋在未来世界

　　谁杀了她 / 084
　　不完美替身 / 109
　　困在时间夹缝里的婚礼 / 136

151 **第三辑**
爱情是一场病

　　许是情浅浅 / 152
　　嘟嘟的四月天 / 169

影子恋人 / 181

美人画 / 194

211　第四辑
我忘了我自己

流沙河往事 / 212

七个小时后 / 238

第一辑
我们牵手童话

爱情设计者

那片网格线以外的世界是啥模样的?
也是这么性感的灰蒙蒙吗?
我看着如此聒噪的她,
不禁苦笑,无知也是幸福。

1

从东方鱼肚白到西方天幕黑如漆，我就像一株向日葵，向着窗外光的方向，守在一方玻璃酒吧内，握着手里的杯子，从冰得心发颤到手心的汗湿热，一直在思考着同一个问题。

我该不该去看一眼那个人？

到了酒吧打烊的时候，服务员再也不愿伺候只点了一杯酒就占了一天位置的我，他客气地以"换个有妞的地方吧"的理由赶走了我。

霓虹灯安静地蔓延到远方，在风里微微闪烁。我想了想，还是决定去看看那个人，现在过得到底怎么样，只远远地看上一眼就好。

我开着新买的那辆骚气逼人的黄色跑车，没有停留地驶过阶层分界线，一路向西。窗外呼呼而过的，除了夜晚燥热的风，还有一道道模糊了痕迹的风景。怎么说呢，就像一张颜色鲜艳的油画在眼前铺开，再一点点地被渲染成水墨画。

当第三次驶过阶层分界线后，映入眼帘的是一个灰暗的世界，像是天还没亮起来，也像是一场暴雨前的酝酿，我的黄色跑车在这个没有色彩的空荡荡的世界里，显得尤为突兀。

停好车，正打算找个人来问问路，就远远地看到一个穿着白色比基尼套装的女人正站在垃圾堆边低头看着什么。她动作快速，但看起来有些卡顿。我的眼睛肯定是没问题的，这卡顿应该是这个地方的特色了。我一早就知道会遇到这样的事，但还是有些不习惯，就像如今的我们，很难想象看黑白电视机是什么感受。纵使黑白片子再怎么经典，观感也有些别扭。

走近了发现她的面容有些模糊，别在胸前的姓名卡的字迹也有些模糊，但是那复杂的姓氏笔画如此熟悉，一看就是我要找的人。

我的视线跟随着那笔画复杂、字迹模糊的姓名往前，直到对方一脚踢过来。我有些诧异地看着她，却看到她头顶现出一条对话框："你盯着我胸干吗？"

我才恍然她只穿着比基尼，脸微微发红，正要解释，又见她头顶闪过一条对话框："你个流氓！还看！"

我脸上的红晕加深了些，不知道怎么开口："我是在看你的姓名卡……"

女人一下子蹦起来，头顶顶着一条对话框："啊我去！你说话居然是音频形式的。我这是第一次见到上层的人啊，好激动。"

她的热情与眼前这个空荡荡、冷清清的世界有些格格不入。我看着爨晓蕊的姓名卡，寻思着自己能不能假装很亲热地叫对方小蕊，用自来熟来掩盖自己不认识"爨"字这件事。

"我叫大火，你叫啥？"爨晓蕊头顶冒出一句话，然后又叠加了一条，"第一个字太复杂了，我视力可能不太好，有点儿看不清，就拆开读成大火好了。"

这样的话，称呼的问题倒是解决了，看着围着我转来转去如此活跃的大火，忍不住想提醒她：你话这么多，会很快进入轮回的。但一想到她的处境，不知道她能承受多少音频模式信息，就闭嘴了。

她嘟着嘴，好奇地打量着我，一条条对话框不开心地飘浮在她头顶：

你为什么不回答我？

你再说几句话让我听听呗？

你是怎么来到这里的？你知道吗，那片网格线，就那边，我怎么都走不过去，一靠近就轮回了。

那片网格线以外的世界是啥模样的？也是这么性感的灰蒙蒙吗？

……

我看着如此聒噪的她，不禁苦笑，无知也是幸福。不过这样挺好的，这世间多姿多彩和曲折颠簸往往是并存的。有些人其实是不用去承担那些沉重的，如果眼下的单薄足以让她获得幸福的话。

顿了顿，我对她打了个稍等的手势，向自己的跑车走去。临出发之前，我特地买了一些简单的食物和衣服带过来。这会儿我要做的事情，就是去车上把它们拿下来送给这个大火，然后一骑绝尘离去，此生再也不踏上这片土地。

就在我从车上卸下那些物品的时候，发现大火居然也跟了过来。

我一惊，天啊，这种清晰度的跑车突然出现在大火的视线里，得消耗她多少内存啊……结果令我没想到的是，就这么一会儿工夫,大火头上顶了一堆对话框,同时还有更多的对话框冒出来,靠着她的身体排着序,都快排到脚底了——

"哇,这啥玩意儿,这个颜色看起来很舒服养眼啊。"

"这软乎乎的东西是馒头吗?哦,是bra,但是bra是啥?"

"咦,这是传说中的裙子吗?送我的吗?怎么穿?"

"我擦擦擦擦,这是口红吗?好衬我的肤色啊,我试试。"

"这又是什么东西?"

"你是从哪里来的啊?"

"能不能也带我去上层啊?"

我还来不及阻止大火说更多的对话框,就看到她头顶上突然出现一个黄色的惊叹号。

"咦,咋了?"她看着那个惊叹号自言自语。

转眼间,黄色的感叹号变成红色的。

她好奇地试探地伸手摸了摸,激动地蹦起来,头顶迅速闪过几条对话框:

"哇,红色的东西耶!"

"我是第一次看到这么鲜艳清晰的红色啊。"

"我是不是被开发出新功能了?哇,我好厉害啊!"

此刻,我的内心几乎崩溃,那是系统提示好不好,当然清晰了。

等等,哪里不对,红色感叹号的系统提示是什么意思?

不好。我正要提醒她别再说话了,却见她跳跃的身体动作突然停住,像是死机了一样。片刻后,整个人啪唧一声硬挺挺地摔在地上，嘴角还保持着龇牙的表情。

这片空旷之地瞬间恢复了它本该有的安静，但却让我极度不适应，我烦躁不安地扫视周围一圈。很显然我的警惕心多余了，这里根本不会出现其他人。

她连系统的提示都不知道，显然是重启后没有缓存之前的生活记忆，至少上一次重启没有。不过，就她这样的生存情况，缓存了也没有任何意义。

我看着安静躺在地上的大火，她头顶的对话框正一个个地消失，最后一条"哇，我好厉害啊"在我的视线里闪了好久。

我将车里的东西一点点搬下来，在大火身边码得整整齐齐的，停下来后看到远处一个灰蒙蒙的小沙发，靠背那侧有浅浅凹下去的人形轮廓。那大概是她的床铺吧，这在我生活的世界里，就是一个垃圾，连流浪汉都会嗤之以鼻的垃圾。

我将大火抱起，轻轻放在沙发上，再回去将那些物品一一搬过来。做完这一切，我不知道自己还能做什么了。

可当我转身想要离开时，这荒芜中响起一个声音："你不觉得内心很不安吗？"

我惊慌地朝四周张望。

是谁？

是谁看穿了我的秘密？

但我的确良心不安，的确很心虚。

2

在大火即将要醒来时,我扛着她离开了。原本我想神不知鬼不觉地做完这件事,哪知道半路上她就醒了。我带着大火找到了内存黑市,鬼知道我为什么会随身携带着一张内存黑市交换者的名片。

我叹了口气,也许这就是我的宿命吧。

"你剩余的内存还有28GB。没事的时候去卫生局清洁下,能删除好多系统无法自动删除的残存。"交易者看了我一眼,又看了眼旁边那个自醒来一直在吃东西的大火,问我,"你要过渡多少给她?"

"10240KB吧。"我东张西望地小声支吾着。

"一万零两百……"交易者正在电脑上打着字,突然抬头看我,嘴巴张开得能麻利地塞进去一个鹅蛋。他似乎很是不相信自己听到的话。大概,这也是第一次见到像我这么吝啬的过渡者吧。

可是,地主家也没有余粮了,我只是一个普通的中产阶级,不省着点儿,怎么度过漫长的余生啊。未来还有怎样的好日子,谁不期待呢?

他不屑地白了一眼我,没好气地说:"过渡10MB,中介费10MB,共20MB。"

"啊?手续费这么贵?"我忍不住惊叫起来,吓到一旁狼吞虎咽的大火。她噎着喉咙瞪着我，见我回头看着她，鸡贼地将手里的食物藏到了屁股后面。那是一块涂着草莓酱的面包，我一点儿兴趣都没有，她倒当个宝了。

"不是有劳动抵扣手续费的方式吗？"我压低嗓音，拿出那名片给交易者看，"这名片上写着的。"

交易者一记白眼翻得很是直接，他指着一旁的废墟说："看到那边的砖头了吗？把它们搬到黑市交易城门口，我们最近要修城，搬完就可以抵扣手续费了。但是我要提醒你的是，这个最快的纪录是九天。"

九天而已，对我来说只是时间上的流逝，而10MB，就是要我的命了。我二话没说，朝废墟走去。

"喂，到时候你身边那个女人都轮回了至少九次了啊。"交易者在身后喊着。

我没回头。轮回就轮回吧，反正她也没什么记忆。

"喂，你什么星座？"他在身后又问道。

"金牛，上升水瓶。"说这话时，我已经搬起了两块砖。

交易者毫不吝啬他的嫌弃之意："果然是一个神经质的抠门鬼。"

我足足搬了十三天的砖，才完成这项任务，成功地将那10MB过渡给大火。大火在原地升级了好一会儿，才恢复正常。她眼珠还来不及转动回来就冲着我问道："我这是怎么了？"一句清脆的女声钻进我的耳朵里。

大火像是见了鬼一样，愣了好一会儿，然后伸手在头顶到处摸那个对话框，却摸了个空。她看着我，双手在头顶挥舞着，又指了指自己的嘴巴，不相信地冒出一句："我这是能发出音频了吗？"

等声音同步出来后，她又不相信地捂住自己的嘴巴："哎呀，我的妈，我就知道我天赋异禀，是个牛人，说话居然能发出音频了！"

回去的路上，大火一直在我身旁傻笑。我不得不提醒她，10240KB也不多，要省着点儿用。

她笑得一脸纯真，小鸡啄米似的点着头："好多好多啦，我从来没见过这么大手笔。"

虽于心不忍，但看着她的笑容，心里还是有些小得意的。

如今的人类，寿命不再是用"年"这个单位来衡量，取而代之的是"脑拥有内存"为计算单位。也就是说从秦始皇时期开始追求的长生不死，在如今这个新世界，已经变相达到了。只要你内存够，你就可以保留着你想要的生活模样和模式。一旦内存满了，就会进入一次轮回，但短暂的系统恢复后等于新生。你可以选择缓存之前的生活记忆，也可以删除重新开始。

现在的社会根据脑拥有内存分为三个阶级：MB、GB、TB。

MB是最低级，TB是最高级。从低级到高级阶层，越高的阶层世界的配置也越高，就像游戏一样。配置高的设置，你不仅动作流畅，甚至远处的风景都清晰到一丝一毫；而配置越低，分辨率就越低。这其实是人性化的考虑，因为低阶层的人一旦遇到配置高的环境就会占据很大内存，会加快他们进入轮回周期。

人这种生物，活得久了就把自己活成了老狐狸，很多深藏的东西都能一眼看透。比如说要分辨一个人所属的阶层，以前得百般揣测,现在吧,其实看一眼对方的姓名卡,就能猜个八九不离十。从笔画简单还是复杂,就能看出所属哪个阶层。

在这三个阶层之外,还有一个不被人关心的KB层,那是一个灰蒙蒙的网格世界,空荡荡的,出现在那里的是系统运行出现Bug后的少量残留人。他们终其一生只能活在失重的网格里,看到的东西大多都是0和1。

所以,不得不说,大火是一个意外。

我带着大火走出黑市,指着她新换上的白裙子上别着的姓名卡,问她:"我觉得你把名字换成大火挺好的,你这个名字很占内存的。"

"不换。"她坚定地摇摇头。

我问她为什么不换。她说,名字是一个人的尊严,姓氏则是一个人的根,是祖祖辈辈传下来的宝藏。

随后她看着自己的姓名卡,自言自语道:"也不知道我有没有家人……"

这句话多少让人有些心发慌。我只得继续苦口婆心地关照她一定要省点儿心,节省点儿内存,免得又那么快进入轮回了。

大火不以为然:"我觉得进入轮回没什么不好,开开心心又是一次重生。"

我无话可说。

很快,车就开到了她之前住的地方。我停稳了车,云吸了一口共享烟,看到手指上的共享烟损耗进度条已到了最末端,才说:"到KB阶层了。你还是住这里比较好,能少占你一部分内存。"

大火显然有话要和我说，但是我不想听，她前脚才下车人还没站稳，我后脚就启动最大油门溜得贼快。

换作其他人，还不一定能做到我这份儿上呢。我已经算是一个有良知的人了吧，其他的，爱莫能助了。反正才拥有MB内存的她，也撑不了几天就会因为耗尽内存而进入轮回的。即使这一刻讨厌我，也没关系。

我一路驶回了家。GB阶层不比其他阶层，这里的每个人凭借展示剩余的内存就能被随时安排一个家，即时入住，卫生由GB政府安排每天从MB阶层接一部分人过来打扫，非常自由方便。

3

回到我那色彩艳丽的家，又开始了醉生梦死的生活。也不知道过了多少天，有天喝得醉醺醺的，才打开门就瘫在地上睡着了。

也不知道什么时候醒来的，迷迷糊糊中世界一片黑暗，挥挥手，感应灯亮起，我摇摇晃晃着正要回卧室继续睡觉，却听到门外有脚步声，伴随着两个人的对话——

"哎，你听说了吗？"

"什么？"

"听小道消息说，系统将要颁发通知，要新造一个PB阶层出来，往后啊，我们连中产都算不上了，唉……"

"啊？那什么样的人才能到PB阶层呢？"

"不知道，但最苦恼的可不是我们，而是KB阶层，听说他们要清除KB阶层。"

"那个Bug阶层有什么好留着的？"

……

我站起身，腿脚酸麻酸麻的。

我第一反应是GB阶层活得好好的，多一个PB又怎样？

第二反应是失去知觉摔倒在地。

疼痛携带着酸麻使我瞬间清醒过来。我没命地加速，但到了KB阶层分界线边时却犹豫起来。

如果系统真的要清除这块，一定会给她安置好的，即使被销毁……那也与自己没关系啊。

真的没关系吗？

我切换掉云吸烟模式，从烟盒中拿出一根传统的烟，狠狠地将吸了几口的烟头扔在地上。接着，我又重新点燃一根烟，同时用脚狠狠地踩着地上的烟头，微弱的火光瞬间湮灭在灰色的世界里。

系统及时提醒我：乱扔垃圾，扣除内存100MB，或去TB阶层义务劳动五天。我敏捷地选择了"劳动抵扣"，连忙捡起地上的烟头，连同一些散落的烟灰一起，塞进了口袋里。

还是不要管闲事好了，自己又不是什么厉害的人物。

我吸完最后一口烟，准备开车走人，却听到背后一声叫唤：

"乙乙？"

我一震。已经过去了这么久，她应该已经进入了轮回才对啊，怎么还记得我？

我回头看她，发现她稍微清晰了点儿的身形比上次消瘦了很多，纯白的裙子也染了些灰灰的雾气。她瞪着模糊的大眼睛盯着我问："乙乙，你是来看我的吗？我们这样，算是朋友吗？"

内存大了真是了不起，她都知道朋友这种情感了。

我不知所措，但还是点点头，开始胡说八道："我们当然是朋友了，我是来给你送吃的的。"

说完，我慌乱地打开后备箱，想找点什么东西给她，可是后备箱里只有酒。

"乙乙，没认识你的时候，我觉得每天都很开心，可是那天你走后，我觉得一个人的日子太难挨了。为什么我要生活在这个网格的世界里？"

我一惊，后背弓着，大气不敢出。

"我知道，以前我大脑只有几KB，每天一次轮回，重启后忘记所有，不知道什么是开心，什么是难过。可是现在，我不想那样傻呵呵地生活了，我想认识你，不仅仅是你的名字。"

这个女人是怎么撑到现在还没轮回的？就是为了等我吗？

我的大脑迅速地浏览了全部内存，得出肯定的答案：从来——没有——一个女人等过我。

"你能带我走吗？"

这就是被人在乎的滋味吗？我觉得心里酸酸的。

也许是我喝多了吧，头晕乎乎的，失去了平日里的理智。喉咙有些发痒，我尽量用不流露情感的声音说："上车吧。"

我原本以为大火会淑女得像猫一样钻进我的副驾驶，哪知道她蹦了起来，朝自己的"狗窝"跑去，边跑边喊："那我搬下行李啊。出远门都得带行李，这个常识我知道。"

好吧。我随她去，她所谓行李无非就是我上次送她的一些衣物。

很显然，我低估大火了。我抽完一根烟，扭头一看，差点儿呛死自己——大火将裙子卷起，围在腰部，露出那低像素的内裤，正叉着腿拖着那个脏不啦唧的沙发，许是太重拉不动，又换个姿势，蹲了个马步试图背着沙发走。

呵，女人的脑回路。我捂住了眼睛。

那头的大火还在热情洋溢地大喊着："来来来，帮帮我，这个沙发是我的镇宅宝物，我要带走它。"

我本来不想理她，但那个沙发突然引起了我的注意……

那天的最后，我没同意大火搬走沙发。她同意了我给她买一个新沙发的建议。我们愉快地达成了交易后，再次来到内存黑市。我替她办理了阶层偷渡合同，将她安置在MB阶层。虽然她每天需要工作十二小时去抵扣一天的内存消耗，但起码不用那么快进入轮回了。

当然偷渡的费用也不少，我在黑市交易所足足砌了一个月的墙。砌墙可比搬砖复杂多了，我累到腰肌劳损，接连敷了一个月的中草药。为了节约内存消耗，我又学会了熬药。药味呛死人，余味笼罩在走廊上久久不散，每天都有邻居排队去物业那儿投诉我。一时间我成了小区的明星人物，每天都有保安紧张我被人打死。

按照约定，我每周都会去看她一次，不过得在傍晚时分，因为那会儿之后，她的时间才是属于自己的。

[016] 地球少女的情话

我想，等她适应了MB阶层，我就不来了。

但是每天一看到太阳下沉半山腰，我就开车向西去。

也许人类都是孤独的吧，需要有个人陪一阵子。

那天我依旧去找大火，却被她神神秘秘地拉进了小巷子里。两个人猫着腰穿梭了好久，直到停在一个垃圾堆边。

大火小心翼翼地揭开一个倒扣着的小盒子，像是变戏法似的从里面拿出一小块涂着一层绿绿抹茶粉的小蛋糕。她咽着口水，眼巴巴地把这块蛋糕递给我。

我不知道，她是怎么获取这块需要花费1MB的食物，还保留至今，隐藏得这么隐蔽。我也不知道，如此贪恋这个世界美食的她，是怎么经受住这番诱惑将其留给我。

但我知道，要是我将这块变质的蛋糕吃掉，起码得再喝一个月的中药。到时候，要么搬家，要么被邻居谋杀。

如果说，上一秒我想着要怎么疏远大火，那么这一秒之后，我开始想我们能不能有更多的相处。

我伸出手，没有接蛋糕，而是紧紧地握住了她的手。

我感觉自己的心跳急速加快，像一面小鼓一样，恨不得敲碎自己的胸脯。再一看大火，果然脸也红了。

她盯着我，头顶闪过一条对话框："妈的，这是爱情吗？"厉害了，现在居然知道爱情了。

不对！她说话怎么又回到对话框模式了？

我心中暗道不妙，果然下一秒钟画面定格了。

靠，爱情要占的内存太大了……她进入轮回了。

生活一下子从一股酒精味呛喉到满眼都是甜。我每天欢快地往MB层跑，就连大火工作的时候也不放过，远远地看着她，怎么看都美，每一个动作都那么吸引我，连不小心放出一个屁都那么可爱悦耳。

大火很懵懂，我给她科普了好多爱情故事，她才知道谈恋爱得有身体接触的。

当我第一次拉起她的手，我激动得像个小男孩一样手心汗津津的。我红着脸去看大火，正要说什么，却见她也含情脉脉地看着我，脸红扑扑地一头栽倒在地，由于我们牵手得太用力，她差点儿把我也掀倒了。

后来我又试过几次，每一次发展到牵手时，大火就会瞬间卡壳轮回。爱情的力量果然很大，大到我喜欢的女人承受不来。

我犹豫了。

因为牵手的问题，大火轮回了好几次。不管我怎么删除她其他的内存，仅仅保留关于我的记忆，但只要到牵手，她就不行了。

没办法，我只好再次带大火去黑市，过渡给她100MB。嗯，黑市的劳动抵扣方式真变态，好不容易我掌握了砌墙的技能，他这回说什么要扩大绿化面积，让我栽了半个月的树，皮肤黑了好几度。最后造福了地球绿化，却又被交易者奚落了好久。

4

我的确是很小气,那是因为,我曾也在KB层生活过。所以,我深知,内存不够的日子是多么的无知无趣和令人后怕。起初,我也以为我叫"乙乙"是因为这个名字省内存,直到某天,我才知道,这个名字是我与生俱来的。

直到有一天,我做了一个梦。

"哒哒哒……"灰蒙蒙的远处突然传来一阵奇怪的声音,听得我心跳加速。我感到有股冲力从脚指头往上涌,大脑开始有些发蒙,我觉得不对劲,赶紧捂住自己的耳朵。

只要听不到这声音,就不会影响到我。

但那声音还是向我靠近着,一个黑衣人踩着黝黑发亮的皮鞋走到我的跟前。

我看不清他的面容,只因为这里太灰暗了。

他停在我眼前,哒一声停住脚步,我低下头,打量着他的鞋,再看看自己十根脏兮兮的脚指头。

头顶突然冒出一声惊叹:没想到这个地方居然真的有活人。

我诧异地看着他,只见他的嘴唇一张一合:"你想不想去上层?"

"上层是什么?跟我有什么关系?"我摇着头。但却忍不住认真地听着他接下来的描述。他说在上层还有上上层世界,能看到灰色以外的色彩,到处都是各种各样的新事物、各种各样的人。他们每天醒来,都在延续之前的岁月,而不是像新生儿一样迷茫地迎接每一天。每个人身边都有一堆人出现,不会像我这样"孤独地生活在这虚空一样的世界里"——他用了这样的词汇形容我的人生。

我虽然不懂什么是热闹,但是我被他描述的世界吸引了。

他递给我一张小芯片,说:"我是阶层黑市交易者,这是我的名片,你拿好,以后你还会需要我的。

"现在的你穷得根本付不起任何费用,那么就把你脖子上的红钥匙给我好了。"说罢,他伸手拽下了不知何时起挂在我脖子上的钥匙。一阵细腻的疼痛在脖子上勒了几秒钟后,知觉渐渐变得很遥远了……

那天醒来后,我觉得这个梦有点儿不对劲,但又说不上来哪里不对劲,也许是酒精在作祟,闲着没事就去搜查了大脑里所有的文件,竟发现了一个隐藏文件夹,名字叫作"旧生活.rar"。我好奇地给自己倒了一杯伏特加,呛得浑身一阵冷汗。

2月8号
6点就起来了,发了会儿呆,到了中午吃了碗蛋炒饭,好开心的一天啊,睡觉……

2月9号
今天起了一个大早,晒了一圈太阳,发现路边的鸡蛋炒饭好香啊,去补充能量……

3月31号
今天吃的午饭叫作扬州炒饭,以前从来没听过的名字。

[020] 地球少女的情话

嗯，以前……以前的记忆好模糊啊。不管了，趁热吃，好好吃……

那个文件记录停在了3月31号，因为4月1号那天我进入了轮回，醒来后，就成了GB阶层的人了。而在此前的每一天，我都进入一次轮回。

一个储存Bug残留人的地方能有什么好生活呢？

看似简单，其实不过是一个笑话。

一想起这件事，我就忍不住想要对大火更好点儿。

事实上我们的确也朝着更好的方向去靠近。自从我给她过渡内存后，我们的恋爱就顺利多了。不但可以天天牵手瞎逛，上周，我们还拥抱了对方。

这样的日子过得特别充实。

有天晚上，我悄悄布置好一切，就等着大火到来，然后在酒精、月光和我的情话之下，我们彼此被对方的真情感动，直到两人盯着对方一起倒在这床真丝被褥上……

期待得不要不要的。

我轻轻抚摸着光滑的被单，像是已经在轻抚大火的身体。

大火到了房间后，两眼放光，倒在床上弹了弹，嘴里冒出一句："这床太舒服了啊。"

我以为这是暗示，于是贴身过去，却被她一把推开："别挡着我，我第一次看到这么好的床啊，让我多跳一会儿。"

那天晚上，我耷拉着眼皮看着大火在床上蹦跶到天亮。

天亮时分，我筋疲力尽地看着筋疲力尽的她，两人呼呼睡去。

5

时间一天天过去。每个人都关心的PB阶层并没有搭建起来,大家都很焦虑,但我的心情丝毫没受影响。现在的我,已经分了一半的内存给大火了。我觉得我可以失去所有,唯独不能失去她。是的,我已经爱到这个地步了。

我原以为,这样的日子会漫长到没有尽头。

直到有一天,大火冲我咬耳朵,我才知道,我居然要做爸爸了。要知道,现如今很少有人愿意生孩子的,但大火愿意给我生个孩子,而我也特别期待新生命的降临。

一切的变故是从那次产检开始的。

那天大火从医院出来后,非常不开心,板着脸一句话也不肯说。任凭我怎么哄怎么问也不开口。

但是那天半夜,我还是知道了缘故。

半夜我被什么光亮给闪醒,迷糊睁开眼,睡意全无。

那闪烁着的,是一条黄色感叹号。那是系统内存不足的提示。

大火的内存不足了。

次日我偷偷问了医生,那是因为大火肚子里有孩子的缘故。孩子是一种非常占据内存的生物。但孕期是不能进入轮回重启的,否则孩子会没了,还会大大损耗母体的内存,且不可逆。为此,大火甚至偷偷联系了医生,要背着我,拿掉这个孩子。

我偷偷去了趟黑市，了解了一下我需要过渡多少内存给大火，才能保护她平安生下这个孩子。

交易者这次没有嘲笑我，只是看着窗外的那些搬砖的人，良久才说："现在查得严，你过渡的次数太多，已经进入黑市的黑名单了。"

"多少内存？"我靠近他，逼问。

"这事难办。"

"多难办？"我一把揪起他的衣领。

"除非你成为一个Bug……"

我默默走出店门，走向其中一个可怜的搬砖人，他只有520MB，他想要把自己一半过渡给喜欢的女人。他说他是个要命的处女座，必须刚好一半，1KB也不能少，所以只能劳动抵扣费用。

换作以前，我肯定也会跟交易者一样冷嘲热讽一句"你不就是想要省点儿中介费吗"，但现在的我不会。我弯下腰，帮他一起搬砖，直到月亮升起，我走进交易者的店铺……

6

其实我心底一直藏着一个秘密，那天宿醉后，我找到的"旧生活.rar"文件夹里，除了那堆毫无意义的流水账日记，还有一个隐藏程序。我使用了Root权限都无法打开。我脑子一晕，花钱找了个黑客帮我破译。黑客也没破译出一个所以然来，反而跟我说，这个程序是新世界阶层划分的Bug，他破译不了。

末了，他又补充一句："怎么说我也付出了劳动，所以你支付的内存我是不会退给你的。"

然后以迅雷不及掩耳之势把我删了，气得我一下子酒醒了，一口气没咽下去，另找了黑客查出他家住所，趁着夜黑风高往他头上套了个麻袋一顿狠揍。

我知道那个程序是很难打开的，想破译的念头也就这样被搁置了。

直到我遇到大火。

那天大火坚持要带走那个沙发，死命地挪动着。沙发被她挪动了半米，一个暗暗的红色的东西出现在我的视线里——那是一把红色的钥匙，连在一根断了的绳子上。

大火看到红钥匙，激动地跳了起来，喊着："这不是我的护身符吗？找了好久原来在这里啊！"

这把钥匙本身没什么奇怪，但奇怪的是，它会在大火身上。大火告诉我，打她记事起，这把钥匙就挂在她脖子上。她也不知道是什么时候断了，掉进了沙发底下。

大火想了半天，捧着红钥匙递给我。

"在这个灰蒙蒙的世界里，它是我唯一的色彩。我想送给你。"

大火的郑重其事，让我不忍拒绝。

让我没想到的是，这把红钥匙居然打开了那个无法破译的隐藏程序。

　　我曾是新世界内存的设计者之一。一个新事物的设计者，不仅具备完善它的能力，同时也具备寻找漏洞的能力。一次醉酒中，一个黑市交易所从我口中套走了攫取内存的漏洞方式。这个事很快就查到我头上，虽然最后高层认为黑市交易所的存在是有一定的必要性，但我的行为违反了新世界保密法，按理说是要被销毁的。

　　但可能因为他们担心万一还有用到我的地方，最后并没有彻底销毁我，而是将我流放到了Bug里——KB阶层。为了有朝一日能唤醒我，他们给我留下了标志，就是那把红色钥匙，以便有朝一日能随喊随到。

　　也是因为这把红色钥匙，黑色交易者老大追踪到了我。在我浑浑噩噩的岁月里，黑市已经不再是当年的黑市，他们原本是想唤醒我全部的记忆和技能，帮他们发掘漏洞。这个消息被高层得知了，他们以为我投靠了黑市，决定要制造新的阶层，用来抵抗我可能会带来的危机。

　　但因为丢失的那把红钥匙，我无法唤醒自己，黑市渐渐放弃了我，高层也放松了警惕，最后新阶层也没建立起来。一场硝烟就这样，还没升起，就已散去。

　　黑市老大当初找到我时，我是一个几乎没有内存的人。所以他们随机抽取了一个人，将我们的内存交换了，之后也是为了能有一个把柄在手里，将那把钥匙留给了被我"盗走"生命内存的人身上。只是，他们不知道，那把钥匙是唤醒我的唯一办法。

　　是的，那个因我而被盗走命运的人，就是大火。她原本可以过着醉生梦死般的生活,却因我而陷入了浑浑噩噩那么久。

命运,就像一张网,它想让哪条鱼上岸,那条鱼就不会逃脱在砧板上死去的宿命。

这是我欠大火的,更是我对她的爱。

我爱她和尚未谋面的孩子。命运给我这样一段爱情和亲情,我已经满足了,即使粉身碎骨。所以,现在只是让一切回到原点,我已经很感恩了。

在未来,我不会再记得的过往里,都是浓烈的爱。而那些即将到来的浑浑噩噩里,没有一丝恨。唯一不舍的是,我不再记得他们,但能保全他们。

这个结局,我欣然接受。

7

感觉自己像是熟睡了很长时间。我揉揉眼睛,视线很是模糊,灰蒙蒙的一片,像是还没从梦里醒来。

我从地上爬起来,悄无声息地在这片灰蒙蒙的世界里来回走着,走了很久很久,都没走出灰蒙蒙的包围,更没看到其他东西和其他人。感觉自己就像一个Bug一样,被抛弃在这片虚无里。

在这片灰蒙蒙里,我感觉不到时间的流逝,也感觉不到饥饿和闷气,也不知道自己这样不吃不喝光着脚丫走了多久,反正走累了就停下来坐一会儿,再累了就趴一会儿,一旦精力恢复，就再站起来不停地走。

因为我总觉得，我心里有些什么呼之欲出的期待。

也不知道什么时候起，耳朵里听到了一阵哒哒哒的声音，像是一节细细的杆子敲在地面上发出来的声音。

声音由远及近，突然停顿了一会儿，再接着那声音变得急促起来，快速朝我这边袭来。我慌忙张望，那是一袭白色。近了，我才看清，那是一个黑长发白长裙的女人，她怀里抱着一个含着奶嘴的小婴儿，正瞪着大眼睛一眨不眨地看着我。这个女人看起来应该很漂亮，我用低配置的眼睛盯着她，似乎看到了她眼睛里冒着水光。

心里忍不住纳闷：我的配置是不是出问题了啊，人的眼睛怎么会有水光呢？

我看了看他们，又看了看自己，觉得自己好像穿得太凉爽了点——全身上下就一条白色的四角内裤，皱巴巴地贴着身体。

她放下孩子，抓着我那别在内裤上的姓名卡。上面写了"乙乙"两个字。她静静地看着那两个字，看得我非常难为情。

我只好开口打破沉默。一个对话框冒上我的脑袋："那什么，我比较害羞，你能别盯着我的内裤吗？"

她没理会。

又一个对话框冒出来："你这是耍流氓吗？"我见她还是没动静，只好把对话框从脑袋上拿下给她。她才反应过来，别开视线。

沉默了很久。

久到那个孩子不知怎么的就爬到了我身上，吐掉了奶嘴，一口咬住我的胸口，吧唧半天，突然大惊失色地盯着我瘦不啦唧的胸，大哭起来。

听到孩子哭的瞬间，她惊慌失措地站起身，抱着孩子跑得远远的。直到我听不到孩子的哭声了，她才从模糊的视线里走出来，她问我："你没事吗？"

我很奇怪她为什么这么问，但更好奇她说话为什么是音频模式的。

但不管我说什么，她再也不肯说话。她看着我，轻轻地解下一直挂在我脖子上的串坠。

那是一把红色的钥匙，和一张我看不清上面写着什么的名片。

我不知道，我为什么会有这个东西，也不知道，她要干吗，只觉得脑子突然运转得很慢，意识开始模糊，在我失去意识之前，只听到她说："你放心，我一定会带你走的，无论如何……"

地球少女的情话

我呆呆地等着系统检查无恙后重启,
看着这个雌性生物体蹲趴在地上,
胡乱地摸索着往我这边走来。

1

"嗨，有人吗？"

我轻轻地喊着，明知道四周空荡荡的，连回声都不会有。

忘了说了，我独自生活在一颗小星球上，人造的，非常小，小跑一分钟就能环绕一周，大概有些类似小王子的那颗B-612，但我不能像他一样，每天可以看几十次日出日落。

因为这里没有光。在旁人看来，这方天地是漆黑的，说黑其实也不对，这里根本没有颜色之分，只有深浅。就像一群蝌蚪游进了一片烂墨汁里，它们若是不动，你根本不知道它们是死是活。

而我，就是这里唯一的蝌蚪。

我的眼睛能夜视，所以能看清周遭的一切，但它们在我心中，却和黑漆漆别无他样。

我一个人在这里生活了快十年了，日子像是复制粘贴一样，毫无新意。开始的时候，我每天早上醒来还有一些期盼，但直到睡着才轻轻告诉自己：唉，一天又这样孤独寂寞地过去了。再后来，我不再有任何期盼了。我会坚守岗位，平静地守护这个小星球，直到退役。

距离下一任驻守员的到来没几天了，这几天我又重新打起了精神，做好随时等待离岗通知。不想，却遇到了她——

那天并没有什么特别的地方，空气一如既往地稀薄，有股子冷飕飕的臭氧味，远处的死星被引力拉扯、碰撞，再弹开，跟玩一个弱智游戏一样无聊。周围一会儿死静，一会儿传出低低的怒吼声，也不知道从哪里发出的。

这种风景，初来星际旅行的人会忍不住大喊大叫，但于我而言，像人醒来就要睁开眼睛一样习以为常，连眉头都不带皱一下。

那天，我和往常一样，启动着"千里眼"，三百六十度认真勘察周围的情况，每隔一光时就要全方位巡查一次。这是我的工作，我习惯了它，就像习惯了一日三餐一样。

就在我要关闭"千里眼"时，系统突然提醒我有不明生物体入侵。我一抬头，就见她骑着一块废铁飞得老快。很明显超速了，且不说有没有违反《宇宙飞行法》，就这速度万一撞到了其他星球怎么办？于是我毫不犹豫地开枪射击。

下一秒，她连同飞行器一起掉了下来，还好我的反应够快，躲到一边，没被砸中。

飞行器把我身侧的地上砸出了个坑。尘土飞扬中，她爬了出来。

"哎呀，这里好黑啊，怎么什么都看不见呢？"

"难道我被撞成了瞎子？"

"真是出师不利啊，怎么就飞到了这么一个黑乎乎的地方了？"

许久没有听到有人说话了。这些年，我听到最多的声音不过是"呜呜呜""呜哇呜哇""啊嘎嘎嘎"之类。这突然冒出来的别样声音，让我着实有些迷茫。

我连忙举手去扫描，扫描仪上显示——不明飞行器，来自某和平星球的雌性生物体，被称为"女人"，是一种每月会有一周时间退化成疯癫状态的生物，同时伴有大量失血。

真可怕。

我皱皱眉头，很明显，"女人"这个词一听就让我们男人心里不踏实，但如果她来自和平星球，概率上就不会有什么危险……该不是来接替我工作的人吧？

出于礼貌，我准备和她打个招呼。我慢慢靠近她，还没来得及开口，只见她摸索着站起来，手里拿着一个什么铁疙瘩玩意儿，猛地一挥，非常精准地砸中了我的脑袋上的重启按钮。"哔——"的一声，我瞬间瘫倒在地，以一副最丑陋的样子发着呆。

我呆呆地等着系统检查无恙后重启，看着这个雌性生物体蹲趴在地上，胡乱地摸索着往我这边走来。由于系统没有更新完，我还不能动弹，只能眼睁睁感受着两只软绵绵、黏糊糊的小脏手，在我身上东捏捏西摸摸。突然她停止了叽叽喳喳，安静了片刻，嘟哝出声："这玩意儿是啥？"

你才是玩意儿！我想回怼她，但无法动弹。

一等重启系统更新完，我立马跳到一旁回答她："我是520空间站的驻守员，名字叫作520-20号，请问你是——"

她毫不犹豫地打断我，两眼发光。我有些害怕，又往一旁退了退。

"你是外星人吗？天啊，好激动，我第一次见到真的外星人啊。等下！你站着别动，让我好好看看，哦不，好好摸摸你。星际旅行这么多年，终于见到外星人了，好新鲜啊。"她瞪着大眼睛往一旁走去，我看着她从我身边擦肩而过，消失在地平线上，再从另一头冒出来，出现在原点。

她瞎吗？怎么绕着这个小星球转了好几圈了，还都是那么巧合地和我一步之遥。

眼看快到我睡觉的时间了，她还是没摸到我，我好心地站到她面前。再一次感受到那双黏糊糊的双手，分毫不差地同时从左右两边挥打在了我的脸上。

虽然她手看起来小小的，但力道真不小。

不过也不是没有收获，起码我知道她不是接替我的驻守员。

2

认识了以后，我才知道，她的眼睛不能夜视，没法看见这个星球上的景色。不过也好，这样她就看不到远处的暗流涌动，要知道开始驻守的前些年，我每天提心吊胆怕得要死，好在这些年那边平静了些。不让除我之外的生物担心这里的环境，这是我的职责。

她和我长得不一样，她的皮肤触摸上去很柔软，比我睡觉的垫子还柔软，还带着一种淡淡的好闻的气味。当我把扫描仪对准她的时候，我的脑海里显示出：她来自一颗曾经是蓝色，现在渐渐被黑色掩盖的星球。这个星球上女人的身体特征就是很柔软，是由大面积的水做成的，但千万不要被这假象迷惑，女人虽然可爱，但也很聒噪、麻烦。

聒噪？扫描出结果的时候我还不懂，但是很快就懂了。

"你这个星球现在是极夜吗？怎么什么都看不到啊。"她又伸手在我身上摸了半天，惋惜道，"不然我就可以看看你长得帅不帅了。哎，我可是个颜控啊。"

我想了想，诚实地告诉她："这里所有的光，都被那颗襁褓中的黑洞吸走了。"

"哎呀，你们直男真讨厌，不要和我讨论物理知识啦，我是理科渣，听不懂的。"她又开始拍打着我的脸。

"这是天文学。"

"一样啦一样啦，反正听不懂。"

我顿了顿，把"常识"两个字吞了下去。

在得知她不是接替我的驻守员后，我曾多次问她，是怎么来到这里的。本来一句话就可以解释的事情，但她只要一开口，几个光时就过去了，不仅口才不好，啰里吧唆，记性也非常不好，说了又说。

她告诉我，她所在的星球叫作地球，在历史书的记载里，那是一个四季分明的星球。但在她出生后，地球上只有极昼和极夜两季了。随着时间的流逝，极夜的时间越来越长，人们面临黑暗的时间越来越多。

"每到极夜来临，我们就会进入冬眠状态，这样可以节省资源。"她在黑暗里眨了眨眼睛，明晃晃地落到我的视线里，"很不幸的是，我是过敏体质，注射冬眠药，会让我整整一百年都睡得不舒坦的。而且你也知道，打针真是太疼了。扎一回针我就要疼哭一回,而女人哭起来没人哄,这可是一件比打针还让人感到伤心的事。"

之后她又会跟我描述几十种她只在书上见过的动物,托着腮幻想着如果她活在那个年代,会怎么和它们玩耍。再后来让我猜猜她今年多大了,接着又和我攀比谁去过的地方多。直到我快睡着的时候,才告诉我,她是一时闲着无聊坐飞行器旅行,不小心迷路了,走错了空间隧道就掉到这里了。

"我在地球上就比较路痴了,离开了地球,我如果不路痴迷路一下,我觉得挺对不起这浩瀚的宇宙。不过啊,这条飞行轨道好奇怪啊,飞着飞着还能掉下来。"

我没敢告诉她,她其实是被我打下来的。

起初,我很嫌弃她话太多,为了吓她,就实话实说告诉她了。这个地方之所以这么奇怪,是因为这附近有一个黑洞。而我们的位置刚好处在黑洞能力范围外的轨道上。

我本意是要吓唬她,让她给我闭嘴的。但是——她却开心得大跳起来,问题一个接一个。

"哇,这居然是黑洞旁的轨道?"

"如果这个星球不小心偏移了点儿,我们会不会被黑洞吸进去啊?"

"万一我不小心掉进黑洞,我会不会被拉扯成一根意大利面条?还是说万一机缘巧合我没被压力弄死,会不会就能穿越时空了啊?"

"啊,如果要能穿越时空,我想去古代看一看熊猫什么样的,还想喝一口小溪里的泉水,听说可甜可甜了,比初吻还甜呢。"

"哎，你尝过初吻吗？甜吗？"

初吻是啥？我听都没听过。我的动力来自于我自身的系统，我可以吸收这黑暗物质，转化为支撑我活蹦乱跳的能源。

但我不能被一个从飞行轨道隙缝里掉下来的地球女人看扁了。

"当然了，初吻这东西，我曾有幸尝过那么几回，是挺甜的。"

"真羡慕你啊。你赶紧帮我修好飞行器，我要去尝尝初吻的味道。"

她话特别多，无论我说什么，尤其在我修理飞行器的时候。

有次她忍不住告诉我，她并不是特别热爱星际旅行，每次旅行不过是为了逃避。因为她想注射轻度的冬眠药水，这样等她醒过来的时候，可以看到自己的头发长得可以当袍子拖着玩。而她男朋友则认为她不应该有那么多的浪漫想法，那太过幼稚。如果冬眠药水剂量不对，会导致她提前醒来，那么会给他们的生活造成不必要的麻烦。

他们谁也不能说服谁，最后就吵架了，于是她一气之下坐飞行器走了。但是他没有追上来。

她说："我们地球人啊，特别喜欢逃避问题，找出各种各样的理由，不过呢，后来事实还是证明了，不管当初找了什么样的借口去回避，那些问题都不会消失，不过是从水面沉入了水底。但只要有些许波动，那些让你无法直视的问题又会浮出水面。"

见我在发呆思考，她又是一阵大笑："怎么样，是不是觉得我像一个哲学家？"

但其实我在思考的是另外一件事：男朋友是什么？听起来好像是一种很特别的存在。

一开始我是真的很想帮她修好飞行器，她的到来其实也侧面证明了我工作的疏漏。如果不是这个空间发生了某些我没观测到的变动，她是不可能出现在这里的。

只是她的飞行器，我修理了很多天，都找不到到底哪里出了问题，看起来没有任何损伤。

渐渐地，我也习惯了她的聒噪，就如同习惯了之前的死寂一样。

再说了，作为一名无聊的驻守员，好多光年都不曾与生命体说过话，现在有别的人陪着，有别的事去做，也是一件值得开心的事情。所以，纵使没有头绪，可我还是很乐意在饭后去捣鼓它。反正她也看不到，我就随便敲敲打打，让她感觉我一直在很认真地帮她修理好了。反正，等真正的驻守员来了，肯定是有办法给她修好的。无非就是我暂时隐瞒了真相，给她一个希望，给我一个陪伴。

"你确定这黑灯瞎火的，你能修好它？"

"哎哟喂，伸手不见五指耶！"

"哼！哈！快用这个大扳手！"

在暗黑的世界里，我顶着能夜视的眼睛，看她跌坐在一旁，挥舞着一个叫"扳手"的物件瞎胡闹地指挥着。

我怀疑她总有一下会打中我，果然，"啪——"那个叫扳手的东西突然间砸到了我的脑袋上，一点儿挽回的余地都没有。

"吱吱——"嗯,头晕。

她力道太大了,砸到了来不及收回。一种冰冷的金属质感,在我的脑袋上拖过一条划痕,闪出细微的火花。与此同时,我感觉到飞行器似乎微微一震。

"耶,你的头冒光了啊!"她在一旁大呼大叫起来,过了一会儿才安静地笔直站好,看着与我偏差了五十度的方向,问空气,"刚刚疼吗?"

我走到她面前,把她身体转过来,对准我,违心地咧嘴:"不疼。"

"那可以再打一下吗,这里实在太黑了。"

"你要是也让我打一下就行。"

她笑嘻嘻地退后好几步:"你要是这么打我一下,我会死的,我是地球人,血肉之躯,不像你,外星人怕什么疼啊?"

"我会头晕啊。"

她嘟嘟嘴,强词夺理地忽悠我:"你不懂,头晕其实是喜欢一个人的表现。你肯定喜欢我。"

"……"

我不懂她说的喜欢是什么意思。但是头实在晕得厉害,没来由地有些心虚。为了掩饰我内心里那股说不清道不明的情绪,我压低声音:"请安静会儿,别干扰我。"

怕她不明白,我拍了拍飞行器。她瞪着大眼睛"看着"我,安静下来,小声吐气:"技术流外星人,那拜托你啦。"

接下来的一段时间里,她果然没有再吵闹。我一看,原来她趴在一旁睡着了。我想了想，把她拖到了我的小垫子上。从前我都是趴在地面上睡觉的，突然有一天这张小垫子不知从哪里飘过来，我就捡了回来，发现躺在软软的垫子上睡觉别有滋味，就给留了下来，想不到她的品位和我一样，也是喜欢睡这垫子上。

3

认识她这个地球女人之后，我也从她嘴里听到好多有趣的事情。觉得自己好歹也算半个地球通了，决定学着地球人的方式吓唬吓唬她。

可事实证明，男人再怎么高大威猛，始终是斗不过女人的。

那天，我轻手轻脚地将飞行器挪到身后，摇醒趴在我的垫子上熟睡的她，在她揉着眼睛迷糊的哼声里，很郑重其事地宣布："我决定囚禁你！"

这个女人上一秒钟还熟睡得像远方的一团星云，柔软、安静、乖巧，这一秒钟就变成了"黑洞"，她噘着嘴翻下垫子，抄起手就朝我打，嘴里还不停歇地抱怨着我打扰她午睡，非常飞扬跋扈了。似乎她才是这里的主人。

"我有起床气，你知不知道？"

"喂，地球女人——"我试图抗议。

"滚开，不许叫我女人，我明明是少女。"耳边像是炸开了一颗超新星。

"好的,地球少女——"黑暗里,我看到她的眼睛笑成了一条线,这个样子很好看。但是我觉得提高下声音,以显示我的威风,"我决定囚禁你。"

"赶紧修理飞行器,老娘要回家!"

顿了顿,却见她收回垫子,双掌托着下巴,眼睛一闪一闪地看着我的左前方。这个视力不好的女人,看人从来都没摸对方向。她双眸瞪着方向有偏差的地方,眼里闪过一道光,问:"等等,我们这是在玩角色扮演吗?"

"啊?"我一愣,她怎么不按正常剧本走?在这人生地不熟的外太空,一个柔弱的地球妹子被一个外星汉子囚禁,不应该感到害怕吗?

我开始有点儿后悔自己的决定了。

"这果然是一次与众不同的星际之旅,我好喜欢!"她豪气地下结论了。

但是这还没完,她在我给她食物的时候,一脸痛苦地说:"我不要我不要,我什么都不吃,你饿死我好了,我绝不会妥协的。"

于是我只好悻悻地把东西拿回来,却又听她说:"你虽然要囚禁我,但是我知道你这人心地不坏,也是被人逼迫的。伤在我身痛在你心,我就勉为其难吃一点点好了。"

过了会儿,不见我递过食物,她竟直接过来抢。一边抢,一边掐着我的脖子,大声质问我:"只要你说出带头大哥是谁,我就不会追究你的法律责任。不然的话,你有权保持沉默,但你所说的话都会成为呈堂证供!"

[040] 地球少女的情话

我愣了好久,女人这种生物,真的很可怕。我在黑暗里抖了抖。

她一边吃着一边凄凄惨惨地嘀咕:"你要对我好,就得一辈子对我好,否则我会让你后悔的。"

我冷不丁抖了抖,点着头,应了一声:"好吧,我会一辈子对你好。"

"你这是在跟我说情话吗?"

"什么叫情话?"

她和我解释了半天。我才知道,原来不是所有星球都是这么寂寞。原来有那么一个星球,所有的人都是成双成对地一起生活一起玩耍,生生不息。不像520星球,每个人终其一生,都孤独至死。

听得我入迷了,竟忘了自己身在何处。

我好向往她说的那个世界,可以说情话的世界。

自从她觉得我们已经熟稔了后,就变得更加自嗨了起来。有天她说,她起床气散了之后认真想了想,感觉我这种想要囚禁她的行为很像历史书中的"霸道总裁"。

她还告诉我,在他们的星球上,所有的人都会有一个伴侣,他们在黑暗的夜里滚一会儿床单,然后会生出小孩;然后等小孩长大,也会遇到一个令他心动的人,然后再滚个床单共同结合为一个小家庭,生生不息。

终生一人,无根无归宿。

有时候,她也会问我一些情况,比如说有没有打算什么时候成家立业,不待在这个鬼地方当宅男,还比如交过几个女朋友,是不是在交往的女朋友都是宇宙外星人……甚至她还问我有没有什么特别爱好,比如说会不会和女朋友在空中翻跟斗,然后翻着翻着就飘到了另一个星球,然后生下一个四不像的小孩儿。

一开始我听不懂,在她的科普之下,每一次我都恨不得按住我的重启键,让自己昏迷一会儿。而每一次,她的收尾都是,我觉得吧,你以往的那些女朋友肯定没有我好看。

"你好看,那你跟我滚床单吗?"有一次我没好气地脱口而出。

把她吓一跳,她沉默了半天,才结结巴巴地说,最多只能让我亲吻一下。我假装知道什么是亲吻,于是也倔上了,横着脖子说,那你亲吻啊。

等了半天,她小心翼翼地摸索过来,用吃饭说话的道具——嘴,在我的嘴上轻轻地蹭了一下,然后迅速分开。

黑暗中,她低声自言自语:"怎么没觉得甜啊?"

我觉得我的智商受到了侮辱。地球人管这叫亲吻?这不就是嘴碰嘴吗?

但我的心,还是小小地颤了一下,紧接着,像是一道闪电劈进了身体里。

我的系统又出问题了吗?

可是,可是,这种感觉,好令人陶醉,有点儿甜甜的味道在我的胸腔蔓延。

那天她睡着以后,我望着远处,捂着胸口发呆,那阵甜甜的闪电到底是什么意思?我已经将整个系统杀毒十来遍都没发现异常。后来实在忍不住,我悄悄走到她身边,学着她之前的样子,用嘴蹭了一下她的脸颊,同时拿扫描仪对准了心脏的位置。

那一瞬间,扫描仪向我展示了一个词汇——喜欢。

我不知道,这是不是她说的喜欢。

但是我知道,我很乐意接受这个局面。

4

只要她醒着,就会一刻不停地说话,滔滔不绝说着自己的故事,还有一些她旅行中的所见所闻。

我不知道,原来外面的世界可以是那么多彩。一时间,我有些忌妒她了。真好,她不用担负生来就规定好的责任,可以为所欲为。

在她聒噪很久很久以后,她终于想起来要问一问我的情况了。

"阿星,你们星球怎么就你一个人啊?"

"阿星是谁?"

"是我刚刚给你取的名字。"她朝我笑了一下,笑容很好看,尽管我知道她并没有看到我,"这不重要啦。"

"这很重要啦。"我在心里悄悄说。我以前的名字叫作520-20,只是一串程序数字,只是一个编号,如今她给了我一个独一无二的名字,怎么会不重要呢。

下一个瞬间,她又生气了。

她气鼓鼓地狠狠跺着脚,质问我:"为什么你不问我叫什么?"

"我知道,你的名字叫地球少女。"

"地球你妹啊,我叫……"突然她一屁股坐在地上大哭起来。哭了好半天才告诉我,她觉得自己的名字太难听了,"都是数字编号,还是我们祖先的名字好听,是特别有味道的汉字。"她又嘀咕一番,然后呜咽着说,"算了,你还是喊我地球美少女吧。"

偶尔也有些时候,兴许她说累了她的往事,开始问我一些问题。

有一次她问我:"你为什么一个人在这个小星球上啊,死气沉沉的。"

"我其实生活在那里,"我指了指很远处的一个模糊点,却被她拍了一下脑袋,随即她不满地嘟哝起来,"我根本看不到!真搞不懂你们外星男的视力为什么这么好。"

"我本来生活在那里,那里是一个很美丽的星球,紫红色的云层笼罩在地面上,那是一个很美的家乡,但是——"但是,我根本不记得自己的家乡长什么样子了,小时候在实验室生活了几年,后来才熟悉家乡的生活,就被调来这里驻守了。在这无边的黑暗里,我早忘了家乡的模样了。

"但是什么?"她好奇地眨着眼睛,挠着头发。

"但是几百星际年前,周围出现了一个黑洞体,我们把它控制在比较远的地方,但是不久后我们检测到,旁边出现了一条空间隧道,偶尔会有外星人从隧道里钻出来,却因在黑暗里迷失方向掉进了黑洞中丧生。首领因此立下规定,每个成年男子，都要去守候十年黑洞，不让外星人遇险。"

"哇，那你遇到过几个掉进来的外星人啊？"

"就你一个。"

我有些羞愧，毕竟这个失误出现在我的任期内。

她倒是很开心，鼓着掌笑道："我果然是天选之人，独一无二。"

这个脑回路也是厉害的。

"你工作多久啦？"

"如今，正是我的第十年，还剩下多少天我倒是记不得了。"

"你有一个很伟大的职业，真的很了不起呢。"说着，她在黑暗里，对我竖起了大拇指。

扫描仪告诉我，那是对我赞许的意思。我不禁扯出一抹笑，学着她嘴角咧开，上扬。

有一次，我在替她修飞行器的时候，她不小心撞到我身上，被反弹出去好几米远。过一会儿，她瘸着腿爬回来，抱怨问我为什么身体摸上去很软，但是撞上去很坚硬。

我告诉她，因为我们星球的生命体，都是在最先进的实验研发出来的，我们的身体是宇宙文明最高级的材料炼化来的，并且有很强大的适应性，我们甚至可以不需要任何穿戴地生活在宇宙任何一个星球上。

"哇，这么酷！外星人好厉害。等我以后回到地球，我就克隆一个你，然后带你一起看这个宇宙的其他地方，你就不用死守这里了。"

"不行,按520星球法规定,我必须死了以后你才能造出一个一样的我。"

"好啦好啦,"她打了一个哈欠,声音有些软糯,"等你死了,我一定复活一个你出来。"

"为什么要我死了,你才带我去旅行啊,等工作结束以后,我可以和你一起去啊。"我在心里悄悄地说。

好像我活这么久,生命里真的还没出现一个人和我说这么多话,还要带我去其他星球旅行的。

我已经开始幻想我们一起旅行的样子了。

我开始期盼下一任驻守员的到来,这样我就可以离开了。

5

那天我睡觉的时候,做了一个梦。

梦里,她穿着一套粉色的长裙,挽着我的胳膊,走在一片粉色的花瓣上,周围挤着一圈长得各种各样的宇宙人。她在我耳边悄悄说:"这些都是我宇宙旅行时认识的朋友。"

我哈哈大笑,对她咬耳朵:"他们都长得好丑啊,所以你才选中了我吗?"

"其实你是最丑的那一个。"她为难地看着我,然后又笑了,"丑得太特别了,所以才更喜欢你。以后我们会生几个丑孩子,等他们长大了就去拐其他外星媳妇儿。"

[046] 地球少女的情话

这就是她之前和我说的家族生活吗？我迫不及待地想快进时间，看看往后了。

可是——不知哪里传来了嗡嗡嗡的声音，我睁开眼，感觉自己的身体在收紧。

情况不对！

我启动了"千里眼"程序，果然远处那团漆黑正在渐渐扩大着体积，虽然很细微，但这细微却能改变太多，比如，足够毁灭她，那个喜欢笑的地球少女。

我太大意了，原本她就不会出现在这里，我应该一早就想到，一定是那黑洞出现变故了，破坏了原本的空间隧道，她才会穿破那条封闭的时空轨道来到这里。

我本身就是一个科技生命体，离开这里很简单。但是我要在走之前，把旁边的空间隧道全封闭掉，这也是我守护这么多年的意义，尽管这么做会导致一些麻烦。

我扭头看着她已经爬起来，独自一个人绕着这个星球转圈圈又回到原点，却仍然一次都触摸不到我，但嘴里依然一遍遍地喊着我的名字。

"阿星阿星，我刚刚梦到你啦，我要和你说说这个梦，很有趣的。"我得把她送走，她必须尽快离开这里。没有比这还重要的事情了。虽然我很想很想听她说的那个有趣的梦，想知道她的梦是不是和我的梦一样让我向往。但是飞行器，我并没有想到其他办法修好。

或许，这就是我的宿命吧，能遇见她，已经是我的幸运了。

我伸手拦住她继续转圈圈，把她拉到飞行器边，尽可能地让自己的声音显得很温暖:"这里遇到了点儿麻烦,我得先把你送走!"

"你呢?"她一脸不在乎。

"我留下来工作啊。"

"那我再陪你一段时间再走啊,反正我也不急这么一会儿。"她在黑暗里嘻嘻地笑着,脸有些发红。我就知道,她没那么省心没那么听话。突然,好喜欢她的聒噪,后悔,没能多听一秒。

我告诉她,她必须马上离开。因为待会儿首领马上要来视察我的工作,这决定了我能不能带薪离岗。

"我呢,就把你藏在空间隧道里。待会儿他走了,我就去找你回来。"

她嘟嘟嘴,犹豫了一会儿,疑惑地问:"你们技术流能牛逼到这个地步啊。万一我不小心飞了几光时,你找不到怎么办?"

"不会的。我来给你的飞行器导一条空间隧道路线,就知道你去了哪里。"我走到飞行器边,从自己的程序里导出一条空间隧道路程规划,默默地做了一个决定。

她摸索着靠过来,嘴在我的脸上蹭了一下,柔软得像一块垫子。

我的心,突然又袭过一阵闪电。

"喏,送你一个离别吻。你可要第一时间来找我啊。"

我把她半抱半扶到飞行器里,设置一道强制锁门程序。

"不对!飞行器不是还没修好吗?怎么会载我躲起来啊?"她突然扭过头,拍着玻璃门问我。

傻瓜，我怎么会没有修好飞行器的办法呢。

与此同时，黑暗里闪过一道细微的光亮，足以照耀她看清前方。

"哇，阿星，我看到光了！"我看着她在飞行器里手舞足蹈，很雀跃的样子，"老娘差点儿憋成瞎子了，幸好有光了。"

6

我记得当时她不小心磕到我的脑袋时，就冒出过这样的火光。而她当时的聒噪并没有让我忽略那个细节——在我头冒出光亮的时候，飞行器震动了。

那么，如果换她平安离开，其实我不疼的，没有什么比黑暗更疼的事情了。我悄悄地躲在飞行器的背后，不想被她看到，我也不知道为什么，明明我这是救她，却不想让她知道。也许，是因为身体里有个部位跳动得很剧烈吧。

不知道，刚刚把她放进飞行器里的动作，算不算她提到的公主抱。不管是不是，我也当是了。

我按了身上的某个按钮，一团火光从我的脚底燃起。

其实她的飞行器一直没有什么问题，只是缺少光能。

幸好，我可以启动自燃程序。

终于，飞行器慢慢向空间隧道驶去，贴着黑洞波及范围的边界线的轨道。

十年来，我是第一次看到这个小星球这么明亮，我周身发出的火焰照得周围一片灿烂。我甚至都看到隧道与虫洞各自扩散开来的涟漪，像我小时候看过的银河星图一样，或许也像她说的水波一样。

只要她再往前走一步，就能进入隧道，一阵晕眩之后，她就能去她想去的地方了，再也不用待在这片黑暗里了。而这个时候，我就可以永远地把这个隧道封闭起来了，如果侥幸有同胞捡到我的残骸，还能将我复活。

这个买卖，怎么算都不亏啊。

我是多么希望她可以回过头来，看我一眼，可是我做事从来不留余地，飞行器正超速往前飞，而我燃料涂得太多了，火光都已经包围到我的脖子了。我不想她看到这样的我，只要她可以走向光明，我的心，就在光明里。

"嗨，地球少女，如果有下回，一定要囚禁你一辈子了。"

火已经燃到脸了，我用力喊出这句话。

我想，我留给世界的最后一句话，是他们所谓的情话吧。

袋鼠先生和兔几姑娘

当漫天沙尘扑过来的那瞬间,
兔子姑娘不禁想起几年前在沙漠上相遇袋鼠先生的场景,
揉了揉进了沙的眼睛,哭了出来。

1

沙漠上，一只红毛袋鼠先生闭目蹦跶着。

沙漠漫无边际，一眼望去，天连沙沙连天，平坦得紧。袋鼠先生就这么闭着眼睛，一蹦一跳地踩在沙子上，踏过一个个小小的坑，溅起小片的沙子向四周奔去。偶尔力气用得大了点儿，会踏出稍微深一点儿的沙坑，这跟在沙发床上蹦跶的感觉其实还是有差距的。

嗯，开始有点儿怀念老家的那一张张色彩斑斓的吊床了。在正午吃过午饭后，喊几个侍女收拾好吊床，在一旁一下一下扇着风，自己跳上去躺着，听着鸟儿和虫儿唱歌，感受着悬空的轻微晃荡，一下一下，慢悠悠晃进梦乡的感觉，真的是人间天堂。不像此刻，此地，太阳这么热，袋鼠先生非常怀疑如果不是自己基因优良，会不会被晒死。

袋鼠先生沿着记忆的痕迹，回忆那些过往的美好和清凉，想让自己短暂地躲进精神世界，从此刻的炎热和枯燥中脱离出来。如果自己现在在老家，作为王室的继承人，他身边肯定是围着数不清的美女袋鼠，她们有着水一样滑溜的灰蓝毛发和迷人的育儿袋……

育儿袋！

突然一阵烦躁。袋鼠先生骤然睁开眼，发现黄澄澄的沙子上有一片白。

这片白正蹲在自己眼前,这会儿正睁大眼睛无辜地盯着自己。

这是兔子姑娘兔生中第一次见到袋鼠这样的生物,一激动就蹦起了生平跳高最极限,结结巴巴地喊着:"袋、袋鼠?"

袋鼠先生正恼怒着,不想理会,闭眼蹦跶着,一会儿工夫就蹦出了几米开外。

身后的兔子姑娘回过神来,又是大喊:"前面那只红毛非主流的袋鼠阿姨,麻烦等等我,我也是非主流!"

要知道,兔子姑娘在沙漠中孤独地奔跑着迷路,已经迷了一整天了,这会儿好不容易看到个活物,亢奋到不行。近乎脱水的她身残志坚地呼喊着:"咱们同是非主流一族,没代沟,真的!我去年还打过十个耳洞呢,袋鼠阿姨,你要不要打耳洞?我非常擅长的,不信你让我用兔牙咬一口。"

袋鼠先生终于停下脚步,正死命奔跑的兔子姑娘没留神一下子撞到袋鼠先生腿上,撞得弹开了好几米。袋鼠先生捏着兔子姑娘的耳朵,将她整个拎起来,瞪眼:"女兔子,你很吵。"

兔子姑娘被袋鼠先生粗粗的嗓音吓到了,难道这只袋鼠变异了?袋鼠有红毛的吗?难道说她用的染发膏有毒?

"袋鼠阿姨,你的声音好男性化哦。"

袋鼠先生翻了下白眼。

"哇,你翻白眼好帅哦。"

袋鼠先生眯着眼龇着牙。

"你这毛染得不赖,下雨天会不会褪色啊?"

袋鼠先生终于忍不住了,一把举起兔子姑娘,红着眼,咬牙切齿道:"老子是男生!"

话音未落,兔子姑娘已经被他十分没风度地扔了出去。

兔子姑娘被摔得屁股朝天,但仍不可思议地扭头看着袋鼠先生身上大大的口袋,趴在沙堆里画着圈圈:"我们生物老师说了,男袋鼠是没有口袋的,你莫不是从泰国刚做手术回来的?还是内分泌失调?哎,要不让我来看看你的胸是不是一马平川……"

袋鼠先生扭头怒瞪着兔子姑娘,声音粗厚:"你知道红毛袋鼠是肉食动物吗?"

吓得兔子姑娘学着鸵鸟,把脑袋埋进了沙子里,瓮瓮的声音从沙子里传出来。

"袋鼠阿姨,你是不是有毛病啊?"

此时有风拂过,带来的没有一丝凉意,反倒是烧灼皮肤的热和呛人的风沙。

袋鼠先生低头看着自己的育儿袋,久久没有移开视线。

"你说什么?"袋鼠先生蹦到兔子姑娘面前,一副要杀生的样子。

"你是不是也为了心愿而来?"兔子害怕地往后缩了缩,见袋鼠先生眼里戾气轻了些,抬起脑袋说,"传说,这片沙漠里住着一位许愿精灵,只要你将名字告诉她,她就能帮你完成心愿的。"

"什么心愿都可以?"

兔子姑娘趴在地上,揉着不够翘的屁股,点着头。

袋鼠先生点点头,转身离去。

"我知道许愿精灵住在哪里哒。"

已经蹦跶出一些距离的袋鼠先生抖了抖耳朵,稍微放慢了脚步,蹦跶了几步后,最终停了下来。

"你如果带我一起赶路,我就告诉你怎么找到她。"

2

"那个,你好,我是一只野生白兔子,可爱萌萌哒的女孩子,你可以叫我兔子姑娘,或者和我的家人一样叫我兔几——"兔子姑娘从自己的背包里扯出一根胡萝卜啃着,眨着眼睛话痨般地介绍自己。啃了一口又掏出一根递给袋鼠先生。

袋鼠先生没理会,淡淡开口。

"袋鼠,男。"

"你说话声音好好听哦,你要一直这样温柔地说话,才是一个暖男呢。虽然我也比较喜欢你酷酷的霸道,但是被摔屁股总归还是很疼的。"兔子姑娘缩回胡萝卜,一只爪子握一根,左啃一口,右咬一口。

"豁牙,你再废话,你信不信我让你再摔一次?"袋鼠先生又不耐烦了。兔子姑娘一听赶紧闭嘴,大门牙轻轻嗑着嘴里的那口胡萝卜,小声地辩解:"我不叫豁牙,叫兔几。"

"你说你知道怎么找到许愿精灵?"

"知道!我是我们小镇里方向感最好的兔子了。"兔子姑娘拼命地点着头，努力地睁大眼睛，想让自己看起来很有说服力。

"我们族长说了，这片沙漠里住着一位愿意帮小动物治病的精灵，只要你找到她。喏，你看——"说着，兔子姑娘蹦到袋鼠先生面前，拿爪子分别扒拉着自己的两只眼睛，用力伸着短得似乎不存在的脖子，讨好地蹭到袋鼠先生面前，因为身高够不到，还得努力蹦跶着，"寡人有疾，眼疾。从基因学上说，白兔子应该是红眼珠，可是我却是一只蓝色，一只黑色……这是毛病，得治！"

袋鼠先生微微点头，心想这还真是毛病。

"在兔族里，这是残疾。虽然我们兔子看起来萌萌哒，一副很可爱的样子，但是对于异类，他们有时候也是很急躁的。"兔子姑娘揉了揉眼睛，脑海中闪过露露偷偷跟帅帅咬耳朵说自己眼睛有毛病的场景，那幅画面里的帅帅由诧异到同露露一起豁嘴大笑的样子，怎么也抹不去。

因为不同，所以遭受排挤；因为不同，所以宁愿孤独穿行沙漠，想治好自己的毛病。不知道那个时候，帅帅会不会看到自己眼睛好了而和露露分手，回到自己身边呢。

兔子姑娘无辜的大眼睛闪了闪，已经意淫到了自己把眼睛治好，浑身散发迷人的光辉，所到之处都是一片掌声和鲜花的画面了，激动得眼泪都快流下来了。

"作为同伴，你要不要安慰下我？"

袋鼠先生见状，摸了摸兔头，闷闷发声："我没安慰过兔子，你就勉强听听——"

兔子姑娘充满期待地看着袋鼠先生。

对方憋了半天:"其实你眼睛的毛病不算什么,和你的嘴巴比起来,还算好看的。"

最后一口萝卜掉在沙里,被一群寻着味而来的蚂蚁扛起。

回过神来的兔子姑娘有些不服气,噘嘴问道:"那你有什么毛病要治疗的啊?"

袋鼠先生冷笑:"我这么一个完美的绅士,能有什么毛病?"

"那你是有什么隐疾了?"

袋鼠先生呲了下鼻子,发出危险的讯号。

兔子姑娘个子太矮,腿太短,在袋鼠身后蹦跶着,压根没看到袋鼠先生的表情,乐和地提议:"说吧说吧,咱比一比谁更惨。"

"滚!"

兔子姑娘用那短爪子量了量自己,然后为难地盯着袋鼠先生,默默蹦到他面前,指着自己,很委屈地辩解:"我是一只很苗条的兔子,身材不够圆滚滚,滚不了。"

"等找到精灵,你我就分道扬镳。"

"真的,这么说,我们结盟啦?好啊好啊,我答应你哈。"兔子姑娘开心地蹦了起来,欢快地在沙子里打了个滚。

袋鼠先生气不打一处来:这滚得不是很流畅吗?

兔子姑娘撒了欢地在沙子里滚来滚去,袋鼠先生看着远方,沙漠一望无际,也不知道绿洲在哪里。他想要尽快找到绿洲,找到那个许愿精灵,请她帮助自己。

他是一只袋鼠先生,却多长了一个育儿袋。

这个世界上,并不是所有的东西都是多多益善的,也不是所有的不同都是标新立异的美。

成年那天，作为王室继承人的他，原本要举国同庆自己终于长大了，但他突然生了一场大病，长出了母袋鼠才有的育儿袋。家族王室对他抱以厚望，他比任何人都清楚；当然，家族的冷漠和赶尽杀绝，他也比任何人都清楚。为避免家人和族人发觉，便留书以"世界那么大我想去看看"为由离开了家。

他一直相信冥冥之中有什么牵引着，才让自己闲逛到了这片沙漠。白胖白胖的兔子姑娘许是滚多了，脑子发晕，滚到了袋鼠先生面前。袋鼠先生伸出腿，抵住眼珠子乱转的兔子姑娘。

也许，这只兔子就是命运的指引吧，虽然缺根筋，但却能为自己指明方向。

袋鼠先生如是想着，对兔子的态度稍微好了点儿，板着的脸也稍微松弛了些。他慢悠悠地赶着路。

沙漠远处腾起一阵风沙，正向着这个方向而来。

身后一阵哒哒哒，一团白的兔子姑娘气喘吁吁地刹住，停在袋鼠先生面前，喘着气踮起脚尖，努力蹦跶着，竖起耳朵勉强扫了下他肚皮上显而易见的口袋。袋鼠先生突然觉得被她扫过的地方一片汗热，正要发火，却见兔子姑娘抱着脑袋唯唯诺诺地问："风、风沙要来了，袋鼠阿姨，我可以躲进你的育儿袋避避风沙吗？"

袋鼠先生撸起袖子，一副要干架的样子。

"老子再说一遍，老子是男生！再喊我就开荤！"

"行行行，那你先救我，看在许愿精灵的分儿上。"

袋鼠先生看了眼身后的风沙距离，揪起兔子姑娘的短尾巴开始跑。

倒立被拎着的兔子姑娘一开始还觉得很新鲜。她甚至觉得，这样倒立着，能消除小腿的水肿，还一副好心情地问："袋鼠先生，你走路怎么和我们兔子一样蹦来蹦去的呢？为什么你一个大老爷们走路要这么萌啊？"

你以为我想啊。袋鼠先生恨不得把兔子姑娘再度扔出去，但风沙不是开玩笑，还不到自己开荤的时候。他憋着气不搭理兔子姑娘。

兔子姑娘还悠闲地唱起了小曲。后来袋鼠先生越蹦越快，兔子姑娘感觉自己脑袋血液倒流到快要炸了，不敢再哼歌了，生怕一开口就把肠子给倒出来。

那天傍晚，沙尘暴走了后，袋鼠先生才将兔子姑娘放到地面，她晃着脚步歪来歪去，趴在地上，把前天吃的菜帮子都吐出来了。

袋鼠先生在她身后安静地微笑着，哼，小兔子，竟然侮辱我王族威望！

3

一天下来，袋鼠先生渐渐明白了不是所有的雌性都像红毛袋鼠这类生物一样独立的，尤其这只兔子。可能因为身体素质太差，娇滴滴的，走一会儿路就喊累喊热的，没事就冲着他撒娇。撒娇不成便演绎苦情戏，再者就是耍赖，然后就变成了生气,而且她生气的举动非常神经质——会停下脚步,自己费劲刨一个坑,然后自己跳下去,抓着沙子往自己身上扒拉,声称要活埋自己,不给国家添乱。

这不是要烤全兔吗?可惜为了治好自己的育儿袋,自己许诺要吃素一年。

无论兔子姑娘怎么作,袋鼠先生都无动于衷。逼急了,就问一声要不要像上次一样拎着她,这话一出,兔子姑娘就老实多了。

又一天过去,兔子姑娘也整理出心得了。

这只贵族血统的袋鼠先生,看起来十分傲娇冷冰冰,但是心思还是很细腻的,绅士风度还是有的。既然有素养,那么一切过分要求就都不是很过分了。换言之,她早晚会蹦进他的育儿袋享受下是什么感觉。

但是,所有的一切要求,都要循序渐进。

"袋鼠阿姨——"

袋鼠先生冷着眼看过来。

"哦,对不起对不起。我以为我们很熟,你不会介意怎么称呼这么小的事情。"

袋鼠先生继续赶路。

"袋鼠阿——哦,袋鼠先生,我可以钻进你的口袋里吗?"

"不许提我的口袋!"袋鼠先生似乎火暴了起来。

兔子姑娘见状,捂着嘴,跟在后面一蹦一蹦地赶路。

然而姑娘家终归是要娇嫩些。正午的太阳大得厉害,沙子被晒得滚烫，不一会儿，兔子姑娘就觉得脚底生疼，这可比穿高跟鞋磨脚受罪多了。

"这太阳好晒人哦，还是你们男孩子好，不怕晒黑不怕紫外线，更重要的是，脚皮厚厚的一层，这么个跟练铁砂掌一样的环境，我的脚都快脱皮了，你却跟泡热水澡一样舒服。"

"别指望我会背着你。"袋鼠先生嘴上说着，却悄悄放慢脚步，然后慢了一个节拍。

"当然啦，你已经放慢脚步迁就我了，做人怎么可以无理取闹呢？只是这么一个大热天，一个人万一中暑了有个三长两短，连个负责挖坑管理的人都没有，实在是——太凄凉。"

袋鼠先生停住脚步，低头看着她。

"袋鼠先生，在遇到你以前，我可是去过很多地方，见过很多世面的，也遇到很多好人，他们见我弱小可爱，都愿意背着我赶路。嗯，我还听过唱片，对了，我以前看过一个电影，讲的是一个小男孩经过一片沙漠，然后因为正午沙子太热，他光着脚，后来烫死了。"

说完，她快步蹦到袋鼠先生脚边，拿红肿的爪子挠了挠他。

这个时候，一定要营造气氛，然后装无辜，嗯对，等着对方沉不住气不好意思过不了良心关，兔子姑娘眨巴着大眼睛颇有心机地装着。

袋鼠先生叹了口气，卷起长尾巴钩起兔子姑娘，把她抬起来，放到自己的脖子上："自己抱稳了。摔下来成了烧烤，我不会浪费食材的。"

兔子姑娘不甘心只被尾巴卷起来，她顺着尾巴爬啊爬，爬到了袋鼠先生的脖子上，观察了一圈。嗯，这个高度的视野真好。感叹完了，找个舒服的姿势稳稳地抱住袋鼠先生的头。

"喂！不要捂着我的眼睛。"

"呀，不要这么严肃嘛，我们躲猫猫不好吗？"

"想不想再吐一晚上？我提着兔尾巴也很顺手。"

兔子姑娘惊了惊，赶紧松手，顺溜滑回尾巴上，躲在袋鼠先生的屁股后面，避开了太阳光。

"我事先声明，这会儿因沙漠温度过高，我才答应背着你，但是一旦沙子降温了，你就马上滚下去。"袋鼠先生在兔子姑娘絮絮叨叨中勉强接受同行者的提议。

兔子姑娘不住地点头哈腰，就差以身相许了。

但不一会儿，她又聒噪起来。

"呀，你的尾巴好厉害哦。我一直以为尾巴都是短短的，用来挡住屁屁的。"

不说话就是不反对！她又兴奋提议："我还见过猴子拿尾巴荡秋千的，你的可以吗？要不要我们试一试啊？"

"下去！"

"你别扔我！我再多嘴就不是兔子！"

一只袋鼠，尾巴上挂着一只兔子，就这样往沙漠深处前进着。画风唯美，一静一闹也似乎很和谐。至少兔子姑娘是这么认为的。

"下来。"袋鼠先生看着天际的落日，这会儿沙子的温度已经在渐渐降下去了。

兔子姑娘睁着大眼睛盯着袋鼠先生："不啊，还是很热的。像我这样冬天出生的姑娘，特别怕烫。"

袋鼠先生试探了下温度，不好辨别这温度对于性别而言的区别，只好默默向前。

又过了很久，天都黑了，周围开始有风了。袋鼠先生再次提醒兔子姑娘从自己的尾巴上下去。

"我以前看过一个电影，讲的是一个北寒的小男孩经过一片沙漠，然后因为夜晚沙漠太冷，他没被子，后来冷死了。"

"……"

就这样，一只袋鼠用尾巴钩着一只兔子在沙漠中前行，直到天色浓下去，才停下来，借着月光，开始了一场月下座谈会。

"袋鼠先生，我能吃你的干粮吗？"

袋鼠先生说："兔子不是吃草的吗？"

"你不要这么墨守成规嘛。这世界上，还没什么是兔子不能尝试的。从前，我还从《兔子未解之谜》上看到一只兔子喜欢吃沙子呢。再说了，在你之前，我也没见过有育儿袋的男生袋鼠呢，这个世界上，没什么不可能。"

袋鼠先生原本安静地吃着干粮不想理兔子姑娘，但一听到育儿袋，瞬间怒了，瞪着兔子，抓起一把沙子，塞进兔子姑娘嘴巴里："既然如此，那我请你尝尝沙子吧。"

兔子姑娘拼命吐着沙子，脑子里在想着原来袋鼠恼羞成怒是这个样子的，倒是跟兔子急了有点儿像。

不过兔子姑娘向来是越挫越勇的，没过半天，就敢把爪子伸进袋鼠先生的口粮袋里了，一边吃着对兔子来说根本不好吃但很新鲜的干粮，一边偷瞄着袋鼠先生的表情，试探地问：

"袋鼠先生，你可以背着我吗？"

"滚！"

但这番对话发生后没过几天，兔子姑娘已经骑在袋鼠先生的肩膀上了。

这待遇让兔子姑娘有些忘乎所以，忍不住又作妖了："袋鼠先生，我可以躲进你的育儿袋里打个盹吗？"

"啪！"

兔子姑娘趴在沙上，撅着屁股，朝不动声色赶路的袋鼠先生喊着："我错了！你能继续背着我吗？"

育儿袋是袋鼠先生的忌讳，这点兔子姑娘心知肚明，但——我们兔子定下的目标，再难也要完成！

一定要在找到精灵之前钻进育儿袋感受一下。

"好热哦。"

两人不知走了多少天。太阳始终明晃晃地挂在天上，天也越来越热。

"你有什么好抱怨的，你可是一直在我的背上待着呢。"

"可是我也有功劳啊，我给你挡太阳了啊。"

"再废话就自己下来走！"

"袋鼠先生，你的毛发好漂亮哦，我从来没见过红色的袋鼠呢。"

说到这一身红毛，袋鼠不禁挺了挺胸膛。

"我可是袋鼠贵族世家子弟——"

"真的，那说给我听听啊。"

"闭嘴！"

4

"兔子,你确定你知道许愿精灵在哪里?"

"当然!"

"她会帮我们实现任何愿望?"

"当然!"

"那还要走多远?"

"你不要急嘛,我们老家有句古话,叫作好事多磨——"兔子在袋鼠先生的肩膀上打了个哈欠,突然揉着眼睛盯着远处,"啊!袋鼠先生,你看那边是不是绿洲?"

兔子姑娘爬上袋鼠先生的肩膀,所谓站得高看得远,她激动得跳起来,在袋鼠先生的肩膀上踩啊踩:"啊啊啊啊,那边好大一片绿油油,我们赶紧蹦跶吧。"

可是,他们蹦跶了很久,那片绿意仍在前方。

兔子姑娘颠得眼都花了,她努力让自己的眼睛聚焦:"那会不会只是海市蜃楼?袋鼠先生,要不我们休息会儿吧。"

"不!"袋鼠先生喘口粗气,"即使是海市蜃楼,我也要往前去!"

不知道又走了多远,两人已经盯着远处的绿色差点儿青光了,直到真的接近了那片绿色。由于袋鼠先生的速度太快,没有及时停住。

在摔倒的瞬间，他反应过来，敏捷地把兔子朝后方扔了出去。

然后——扑哧！

"啊！"一阵袋鼠的惨叫声。

这次兔子姑娘没无理取闹，她爬起来，停在袋鼠先生腿边，红肿着眼睛，十分难得地蹲在一旁——沉默地抽噎着，然后捂着脸号啕大哭。

"哭什么？"袋鼠先生忍着痛，尽量让自己的声音显得温柔些。

"你、你……是不是，要死掉了？"

袋鼠先生一口气差点儿没顺上来。

"豁牙，你走吧，不用管我。"

"说了多少遍了，我叫兔几，我们兔牙都这样的。"

袋鼠先生抚摸着自己的脚，忍着痛。脚上扎满了仙人掌的刺，是万万不能继续赶路了。

"我不会丢下你的！"兔子姑娘言简意赅。然后就扑到袋鼠先生的腿上，凑近了，开始拔刺工程。

"你这兔爪子，用来拔刺是肯定不行的。"

"闭嘴！"

兔子姑娘难得凶上袋鼠一回，她低下头开始用啃的了。

兔爪子的确没办法拔刺，但是她有牙啊，要知道每年的啃胡萝卜艺术花雕比赛，自己都是前三名呢。

很快，天黑了，兔子姑娘勉强拔完了袋鼠先生腿上的刺。

"你看，我的牙齿是不是很厉害！你看看这条腿，应该没有刺了吧。"

"嗯，还有一条腿和整张肚皮呢。"

"没事，我还在呢。"

"我们不知道要什么时候才能找到绿洲了。"

"我有办法。你在这里等着我，千万千万不要走开啊。"

"喂，你去干吗？"袋鼠先生喊道。但是兔子已经蹦入了夜幕中，这是兔子行动最快的一次，袋鼠先生心里想着。

她不会丢下我吧？

虽然我向来喜欢御姐范的，毕竟能帮我管理事务，而兔子姑娘生来龅牙，长相不符合我的审美，性格又毛毛躁躁，根本和贤内助的路子相差十万八千里，但这一路相伴而来，其实也挺——

等等！我怎么可以想得这么远？

袋鼠先生盯着黑乎乎的远处，有些烦躁地动弹了下腿，一阵酸胀传遍全身。他苦笑着自言自语：一定是我在沙漠里待得太久了，嗯，很久没恋爱了，居然看到一只兔子就想到自己的恋爱观了。

不知道缇娜是不是越发美丽动人了。

袋鼠先生尽力让自己去想着性感的缇娜，不知不觉睡着了。他做了一夜梦，梦到自己治好了育儿袋，兔子姑娘也治好了眼睛和龅牙。他看了兔子半天，为难地说：好像龅牙的确好看一点儿。

气得兔子姑娘满沙漠追着他打，一边打一边喊："都说女为悦己者容，我为你都整容了你却还是嫌弃！"

醒来时，天已亮了。

没拔完刺的那条腿开始红肿，疼的感觉已经被炎热逼得感知不明显了。而兔子，不在自己的视线里。他环视周围一圈又一圈，仍然不见兔子姑娘。

大难临头各自飞，自己的亲人们一直也都这样，现在怎么会对一只兔子抱有希望呢。他艰难地支起身，艰难地单脚蹦跶，可是，这只腿虽然刺都拔掉了，但毕竟还是肿着的。一次一次，毫无悬念地摔倒在沙子里。

正午的阳光甚毒，汗水都来不及流淌就蒸发没了。算了吧，太累了，放弃吧。

袋鼠先生闭上眼睛。

"袋鼠先生，你醒了吗？"

一只雪白的小兔子，拉着一块不知道从哪里弄来的木板，站在他面前，那块木板，刚好够袋鼠先生躺上去。

"你看，白天趁着光线好，我继续帮你拔刺，晚上我们再赶路，我可以拖着你走。来，你躺上来看看。"兔子姑娘又开始喋喋不休起来，见袋鼠先生没动静，凑脸过去问道，"怎么啦，是不是我走得太久了你怕黑啊？"

袋鼠先生揉着眼睛，正要傲娇地说："我们王族怎么可能怕黑？只是沙子吹进了眼睛里。"

却见兔子姑娘一屁股跌坐下来，号啕大哭起来，边哭边喊着："可是我好怕黑啊，昨晚吓死老娘了。"

夜幕来临，袋鼠身上又少了大概半条腿的刺，他躺在木板上，看着努力拖着绳子的兔子。从来没见过这样的兔子，一身臭毛病，但关键时刻却能这么靠谱。

"我实在是没见过红毛的袋鼠,Where do you come from?"

"小学英语学得不错。"

"那是,我们村早就实现九年义务教育了。我发音还不错吧?"

"嗯。"袋鼠先生点点头,一口标准的贵族伦敦腔,"I'm from Australia."

"奥、奥啥?你还是用汉语说下吧。"

"澳大利亚。"

"噢噢噢,这个地方啊,我听说过,听说过,在很遥远的地方。"

"你是哪里的兔子啊?"袋鼠先生脸泛着红,有些低烧。

"中国啊。"

"啊?"

低烧的袋鼠先生在木板上翻了个身,双眼放光:"东土大唐那个中国?"

"咦,你居然看过《西游记》?"

"嗯。"袋鼠先生红着脸,看着新月,害羞地问,"你们兔子里有一只被嫦娥带去月宫的,你认识吗?嫦娥是不是真的美得让人窒息?"

"……"兔子姑娘气得想扔掉肩膀上的绳子,没好气地回答,"跨物种之间的审美是不一样的。我又不是男人,怎么知道嫦娥美不美。"

"那你是不是女娲用土捏的?"

"……"

"袋鼠用文言文怎么说?"

"……"

"听说中国的动物修炼修炼是能成精怪的,会七十二变,你会吗?"

"我,还是比较习惯那个霸道总裁一样的袋鼠先生。"

"你们中国不是现在流行暖男吗?"

后来的行程里,兔子姑娘有些崩溃,高冷的摩羯座袋鼠先生,居然双鱼加射手附身一样,问东问西,还时不时地转起了文言文。

袋鼠先生腿康复的那天,心情大好,他把木板扔到一边,对兔子姑娘钩了钩手指:"来吾口袋乎?"

兔子姑娘吓得双耳竖立久久放不下来。虽然这是它的一个小目标,但这个节骨眼上,她是不敢造次的。万一……万一他身上还有刺没拔掉,被自己这圆滚滚的身体一压,压进了肉里拔不出来怎么办?

后来的行程里,袋鼠先生一直不愿意回想这一幕,这实在是高冷的摩羯座生平最觉丢人的一件事情——作为一只具有贵族血统的红袋鼠先生,居然跨物种和一只小兔子同行,而且他这么想的时候,这只兔子姑娘已经攀在了自己的脖子上,欢乐地打着盹。

只是他没想到,这也就算了,但他居然真的把这只兔子放进了令他倍感耻辱的口袋里,而且还是他主动提的。可是后来再想想,怎么都觉得这是吃了文化差异的亏,如果他当时没对中国文化那么好奇的话。

而且，更让自己无法释怀的是，兔子姑娘拔完刺给自己消毒的方式。

太不堪入目了！一想到这里，袋鼠先生就痛苦得想哭，那是兔子姑娘亲自一口一口吐出来的唾液，一爪一爪涂抹上去的。

他还记得兔子姑娘言之凿凿的样子："哎，你不是喜欢中国文化吗？口水消毒是我们小镇的土方子，可治百病！"

5

更令袋鼠先生没想到的是，自从兔子姑娘一口一个"我是你的救命恩人"之后，两人的相处方式发生了极大的变化。

这天傍晚，袋鼠先生找到一棵枯树，对兔子姑娘说："来来来，晚上我们就在树上打盹吧，不然一早起来，又是满嘴沙子。"

往常，兔子姑娘早就顺从地蹦过来了，但今天的兔子姑娘低头在沙子上跳方格，都不带搭理的。

袋鼠先生继续说："以前我在老家时，经常爬到树上把树懒啊考拉啊给踢下来，可逗了。考拉是个嗜睡狂人，有时候被踢到水坑里还没醒。哈哈哈哈。"说着袋鼠先生自顾自地大笑起来，然后觉得笑姿不雅，有辱贵族血统，改为捂嘴大笑，不时发出扑哧扑哧声。

兔子姑娘不屑一顾地跳进袋鼠先生的口袋里，拍了拍袋鼠先生的皮毛，眨眨眼微笑："你们城里人真会玩。"

"我可是未来要当袋鼠王的人，自然见多识广。"袋鼠先生骄傲地回应。

两人简单地用了晚餐，就开始睡觉。

过了一会儿，兔子姑娘踢了踢腿，问："你睡着了吗？"

"没，我在数星星。"

"你一个澳洲人，不要学我们国家的张衡，快睡觉。"

"噢。"

又过了一会儿，兔子姑娘又踢了踢腿，问："这回你睡着了吗？"

"没，我在冥想。"

"你一个大男人，别学这些，我们又不去泡恒河。"

"噢。"

等到星星全都升起来的时候，兔子姑娘又踢了踢腿，问："'袋蜀黍'，你睡着了吗？"

"……"袋鼠先生发出轻微的鼾声，以行为回应着兔子姑娘。

兔子姑娘小心翼翼地爬出口袋，爬到树枝上，轻念着：第八套广播体操现在开始——

自己打了节拍，热了一会儿身后，拿小短腿瞄准袋鼠先生的脑袋，狠狠一脚踢了过去，直接把袋鼠先生摔到了沙里，摔出了一个坑。袋鼠先生感受着满眼的星星，看到兔子姑娘一脚独立于树上，还没来得及问发生什么了，就听她一腔京剧音："起来嗨呀呀呀呀有！"

文化差异真要命！

虽说兔子姑娘对袋鼠先生有救命之恩，但他怎么说也是一个贵族，生起气来，也是很难哄的。

"我们讲和好不好？"

"……"

"那你也说你是男生，总不能这么小气哈。"

"……"

"人家好歹是女生啊。这么大热天，一个人万一中暑了有个三长两短，连个负责挖坑管理的人都没有，实在是——太凄凉。"说着，兔子姑娘竟小声抽泣起来。

"……"

袋鼠先生的步伐慢了下来。

算了，和雌性讲什么道理呢？

6

袋鼠先生非常不满地抱怨：过去的60分钟里，你和另一位袋鼠先生聊得那么欢，是要重组CP吗？！

啊？兔子姑娘惊道："刚刚那个笨大的家伙不是你吗？"见袋鼠先生火冒三丈，兔子姑娘挠挠头，不好意思地解释，"实在是你们鼠辈长得都一个样，再说了寡人有疾，眼疾。"

袋鼠先生蹦起来，用尾巴钩住兔子脱离土地，咆哮道："他灰色的品种跟老子红色的毛发一个色吗？难道你们兔子还有色盲的吗？！"

兔子姑娘拽着袋鼠先生的尾巴，骄傲地挺了挺胸："人家有轻微脸盲症啦。你这种土豪是不懂文艺青年病的。"

袋鼠先生憋着气，默默走了一会儿，实在是越想越气，稍微用力蹦了一下。袋子里的兔子姑娘立马坐了一回过山车。

"蹦你妹啊蹦！"兔子姑娘在袋子里划拉着小短腿，大声抗议着。

"咳咳。"袋鼠先生忍着笑，瞄了一眼兔子姑娘，"喂，我们现在在冷战，请不要主动说话。"

"妈的！老娘只说了五个字，你数数你说了多少？"

"被动说话的不算。"袋鼠先生在心里打了个草稿，才慢悠悠憋出一句话。

"行，那老娘出去自己走路，不待在你的口袋里了。冷战到底！"兔子姑娘继续蹬着小短腿，就在要蹬出口袋的时候，袋鼠先生伸出爪子，把她按了回去，继续蹦跶着赶路，"咱冷战，是互相不说话，你跑啥跑。我血统这么高贵，你蹬乱了我的毛发，要赔的。"

7

"哇，绿洲是不是？"兔子姑娘突然指着前方大喊，从袋鼠先生的口袋里蹦了出来，踮着脚尖看了半天，又垂下头，揉着眼睛。

"那个树叶看起来绿得好不自然，一定又是海市蜃楼了。"

"不，这次应该是真的了。"

"那我们赶紧跑过去吧。"兔子再度揉揉眼，仍是一片小模糊，但是——袋鼠先生说是，那肯定就是了。

"来，钻进我的口袋，我带你蹦过去。"

很多时候，目标看着近，走过去却是很远的一段距离。

他们几乎走了一天，到傍晚时分，才走到一座城堡外。兔子姑娘从袋鼠先生的育儿袋里跳出来，从精灵半开的窗户一跃而入，矫健得根本不像平时那只喊疼喊累的兔子。

"哇，你就是传说中的精灵吧，你居然真的住在绿洲里呢。好开心看到你哦。我是从很遥远的中国来的，我是一只可爱的小兔子，是个女孩子，外面的是只袋鼠，是个男孩子，他是我的朋友。嗯，或许未来会是我的男朋友。我想治好我的眼睛，你看我的眼睛——"兔子姑娘一口气说了好多话，第一次没有人打断她，她反而有些不好意思了，"他想治好他的口袋。"

"可爱的小兔子，你好。"精灵挥了挥手，在空中划过一道光，问，"你们有两个愿望？"

"嗯！"

"但是我在这片绿洲上只剩下一颗水晶石了——"

兔子姑娘和精灵攀谈了很久，然后开心地走出城堡，对门外紧张蹦跶着的袋鼠先生说："喏，快进去吧。"

袋鼠先生盯着兔子姑娘的眼睛，诧异问："怎么你的眼睛还没好？"

"眼睛可不比其他的地方，很脆弱，要慢慢恢复的。"

袋鼠先生有些紧张，又问："这个精灵靠谱吗？"

"非常靠谱，快进去，别耽误时间哈。"说着，便把袋鼠先生推了进去。

等待的时间，一分一秒都很漫长。兔子姑娘靠着墙壁坐着。

不知道精灵能不能帮袋鼠先生治好口袋呢？不然他们家族肯定不能接受他，而他又是要承担家族重任的，不像自己，一个人去哪里都没人管。

好希望他可以治好病，这样以后他就不用那么烦恼了，可是——可是，有点儿舍不得那个口袋啊。

但是，没关系的，人生总会这样，有舍有得。没有育儿袋，袋鼠先生也可以背着我啊。肩膀和怀抱是一样的，都是依靠。嗯对的，他力气大，还有一根长长的尾巴，公主抱什么的，好喜欢好害羞的呢。

"喂，你捂着脸摇着头在干吗？"

兔子姑娘听声音猛地抬头看去，袋鼠先生的口袋——真的不见了！

她蹦起来，拿耳朵去蹭袋鼠先生，袋鼠先生抱起够不到的她往自己肚子上摸，兔子姑娘惊喜得说话都有些结巴："你、你、你、你的口袋治好了？！"

"对！从今以后，我就是一只正常的袋鼠了。"他开心地把兔子姑娘放到自己的肩膀上，看着前方，"从今以后，你也是一只健全的兔子了，再也没有人会疏远我们了。"

"嗯，再也没有人疏远我们了。"兔子姑娘很开心地重复着，借着袋鼠先生的高度，她透过城堡的窗户看到了盯着她的精灵，她无声地说了句"谢谢你"，精灵微笑着朝她挥挥手，关了窗。

"但是我在这片绿洲上只剩下一颗水晶石了，只能满足你们一个愿望。另一个愿望只能等你们找到另一片绿洲才行呢。你先进来的，你有权选择我实现谁的愿望。"

没事的，只要他开心。

再说了，站得高，看得远，这点眼疾多大点事情哈——如果余生，袋鼠先生愿意背着我的话。兔子姑娘很认真地想着。

8

"我们就此分别吧，后会有期。"袋鼠先生率先停下脚步，对着兔子姑娘抱拳。

"你一个澳洲人，学我们中国礼仪，挺四不像的。"兔子姑娘也停下脚步，对袋鼠先生微笑着，露出两颗大门牙。

袋鼠先生打量了会兔子，忍不住摸了摸兔子姑娘的嘴："我觉得，你是不是应该把嘴也治治，有点儿豁，不太美观。"

"你懂个屁，我们兔子是嘴越豁魅力值越大，你不知道兔族每年会举办一次选美大赛，那些评委老爷爷就瞄准了最豁嘴的打最高分。"兔子姑娘白了一眼袋鼠先生，然后偏移视线看着远方，若有所思，"上一年度我还是前三名美女兔呢，算算日子，今年的选美差不多就这几天了。"然后她蹦了蹦，问，"对啦，以后你能不能不喊我豁牙啊，我说了五百遍了，我叫兔几。"

"好的，豁牙兔几，以后不喊你豁牙了。"

兔子姑娘放弃了纠正，问道："那你族人喊你什么？以后见面总不能一直喊你袋鼠先生吧。"

"我族人都喊我Prince，意思是——"

"为了减少我们之间的代沟，你也可以喊我Rabbit。"

"你一只中国兔子，怎么有英文名字？"

"你一个澳洲人，怎么会懂中国历史？我们早在上个世纪就打开国门了，有个英文名有什么稀奇？"

"那——兔几，是几个的意思？"

"我们老家比较偏僻，普通话还没普及，这个是我们方言发音。平时呢，我怕你听不懂，就全程普通话和你交流了。不然你一个'歪果仁'学汉语本来就不容易了，方言岂不是要你的命。"

"中国方言能要人命？"袋鼠先生以为自己好歹也算半个中国通了，一脸惊奇。

"那我说了啊。"兔子姑娘一屁股坐在袋鼠先生的尾巴上，蔑视地看着袋鼠先生，慢慢地开口，"￥%#@……&*&……%#@￥￥……"

兔子姑娘见袋鼠先生黑着脸，想着还是给这只王室贵族血统的袋鼠先生个台阶下吧。于是，她切换成普通话问："那你在老家都说什么方言哈,你也说给我听听,我要是听不懂,这局咱就扯平了。"

袋鼠先生闻言,脸色缓了缓,点点头,微张张嘴。

一分钟过去了,袋鼠先生一个字都没说。

十分钟过去了,袋鼠先生还是没发声。

一个小时过去了,袋鼠先生索性用尾巴扫了扫一片沙面,坐了下来,还用尾巴把兔子姑娘卷到自己面前,就是——不说话。

兔子姑娘不高兴了。

"你玩人吗你,你老家方言呢?"

"我在老家,因血统高贵性格高冷,对外人外族,都懒得搭理不说话的。"袋鼠先生这才傲慢地回答。

兔子姑娘忍住要吐血的绝望,瞪着大眼睛看着袋鼠先生那张欠揍的脸:"我明白了,你肯定是摩羯座。"

"咦,你怎么知道?"

"摩羯座向来以闷骚出名。"

"你可以说我闷,但是骚——"袋鼠先生暗想,明明自己每次尿尿都离得远远的啊,袋鼠先生一拍脑门,突然作揖道,"扯远了。现在我们的毛病都治好了,我要快马加鞭赶回去继承王位,你也早点回去参加豁牙选美大赛吧。"

兔子姑娘朝远处又望了望,问袋鼠先生:"那个,'破锐四',其实我英语水平还行。读幼儿园的时候,各门成绩一直是甲上呢。"

袋鼠先生看着兔子姑娘,不作声。

"所以——袋鼠先生,我可以和你一起去澳洲吗?"兔子姑娘蹦到袋鼠身前，用耳朵的高度，蹭了蹭袋鼠先生的肚皮。

这是兔子姑娘长这么大，说话最露骨最胆大的一次了。她期待地看着袋鼠先生。

兔子姑娘触碰的那里，曾是袋鼠先生引以为耻的口袋所在，那里，也曾是兔子姑娘这一路的栖身之所；那里，有着兔子姑娘对袋鼠先生最为熟悉的温度。但是，一想到族人，他的心就冷了下来，到了嘴边的玩笑话悉数咽了回去。

"我们红袋鼠家族向来不与外族联系。我这趟远门回去后，家人可能都要花一段时间才能接受我。"袋鼠先生摇着头，摸了摸兔子姑娘的头，承诺着，"等我继承王位了，带我的臣民找到一片好家园后，我会去中国看你的。"

兔子姑娘低下头，眨了眨眼睛。她觉得自己的眼疾越来越厉害了，止不住地潮湿。她揉揉眼睛，扯出一个微笑："逗你玩呢。我才想起来我都没办过护照呢。我还是喜欢我地大物博的中国。嗯，我下一站想去新疆看看葡萄，你到时候要是来中国，可以来新疆找我呢。"

"哎，姑娘，你少看点儿文艺小说。你们兔子几时吃葡萄的？别去了，听话哈，寻一片绿草地吧，兔子，就该待在草地上吃吃草才对。"

"嗯。"

兔子姑娘难得不啰唆，对着袋鼠先生挥着手："我去买几个橘子。你就在此地，不要走动。"

"这沙漠里哪有橘子？"袋鼠先生摸着兔子姑娘的脑袋，很怀疑她是不是治好了眼睛激动得有些傻了。

兔子姑娘哈哈笑起来，笑弯了腰，趴在沙地里打滚。

"哈哈，还好意思说自己是半个中国通，我这是在占你便宜你懂不懂啊？哈哈哈笑死我了，我再笑一会儿，你先走吧。"

袋鼠先生蹦到兔子姑娘身边，蹲下身，摸摸兔子姑娘的脑袋，沉默了会儿，起身，转身蹦跶离去。

没回头。

沙漠和平原相接，一马平川，没有转折，兔子姑娘就这么看着袋鼠先生的背影，从清晨到日落，直到天黑，视线里一片黑乎乎。

兔子姑娘转过身，朝另外一条路蹦去，一边哭泣一边嘀咕：没治好的眼睛，视力就是不行。等我把眼睛治好了，一定偷渡过去找你，袋鼠先生。

9

很多年后，袋鼠先生再次孤身一人穿越沙漠和海洋，去寻找人们口中最甜的葡萄园。

"前面那位袋鼠阿姨，麻烦让我躲进你的育儿袋避避沙尘暴好吗？"太阳落山时分，背后传来一只兔子的声音。

袋鼠先生喜出望外，他急刹车回头，蹦到兔子旁边，拎起她，不禁想使坏，举起手里的一提橘子，递给兔子，说："我就吃两个,剩下的都给你。"

"橘子?新疆啥时候也产橘子了啊?"

"哎呀,你怎么不会接橘子的梗了?你是叫Rabbit还是兔几呢?"

那只兔子在空中蹬了蹬腿,歪着头,调整着平衡,很认真地回答:"我的英文名叫Rabbit,中文名叫兔子。"

"可不就是兔几嘛,小兔几。"

"嗨,你的普通话很不标准哪,跟我读:t—u—tu,z—i—zi,兔子。我们以前老家念兔几,但是现在不是全国普及普通话嘛,难道——"

袋鼠先生眼神暗了暗,没耐心听完兔子姑娘的叽里呱啦:"不好意思,认错人了,再见。"然后一甩手,把兔子扔了下去,转身低头默默蹦走了。

原来,这个世界上的兔子都长得那么相似,只是再也没有一只是兔几了。

夜晚很快来临,温度骤然降低几十摄氏度。兔子姑娘艰难地在沙漠上行走着,又冷又饿又累。

很多年前,她还是一只异瞳的兔子,后来为了治好眼睛,她将自己最为珍贵的记忆出卖给了黑暗森林里的巫师。自那以后,一直觉得心里空落落的,只能隐约记得,她要找到一只曾经相伴而行的袋鼠……

当漫天沙尘扑过来的那瞬间,兔子姑娘不禁想起几年前在沙漠上相遇袋鼠先生的场景,揉了揉进了沙的眼睛,哭了出来:"我把眼睛治好了,却找不到你了。"

第二辑
恋在未来世界

谁杀了她

方致何还是没想明白,
自己为什么竟要天天去楼下书吧喝咖啡。
是因为咖啡好喝,还是因为人?

"这里面装着的到底是什么？"

自从隐约猜出一些端倪的那刻起，每一天清晨醒来对镜洗漱时，他都会问自己。

不管结局如何……

他擦干脸上的水珠，盯着镜子里的脸，毫无头绪。

一切与往常没什么两样。

还沉浸在清明小长假中的方致何打着方向盘，一路顺溜地滑进了地下停车场，找了个位置，规规矩矩地停在了车位的中间，车身距离两旁的白线空间不多不少，正好对称，标准得像是机械化操作。

不远处的车灯闪了闪，从车里走出一个头发花白的男人，他是方致何的助手阿春，年纪不大，但爱倒腾，最近偏爱沧桑风，便把头发染了个灰白，胡子拉碴，矮矮胖胖的，有种说不出的油腻。和他站在一起，方致何看起来倒是更像新助理，偏高偏瘦，衣服基本款，看起来安安静静。

阿春理着头发下了车，他走到方致何车前，左右打量了眼，咋呼起来："嗨，你这车停得很有水平嘛，完全不像一个新手。"

方致何也顺着阿春的视线看了眼，笑着回了声"早"，随即和对方谈笑着朝电梯口走去。

一天就这样开始了，寻常得没有半点儿征兆。

电梯到了一楼，停了。方致何和阿春往后退了退，准备让空间给后来的人。但门开后，走进来的却是警察。

其中一个警察亮出证件，说："警方办案，电梯暂停使用。"

另一个警察对着对讲机说话："不是说了暂时关闭电梯吗？赶紧让他们保安处理下。"

两人被招呼出了电梯，大厅里人不多，但气氛不同于往常。不停转动的旋转门口，不停有警察出入，面色沉重地拉住路过的某个人，开着录音笔一问一答，在盘查着什么。

方致何皱皱眉。他向来不喜欢和不认识的人打交道，更不擅长应付别人的追问。

刚刚拦电梯的警察稍微年轻些，拧开录音笔，问他："叫什么，哪个部门的？"

方致何看着陌生的脸庞，声音低低地回他："方致何，基因A组。"

年轻警察在翻着手里的名册，似乎在匹配着方致何是哪一组的。方致何伸头看了眼，指着某一行，补充着："在这里。"

"得，还是你们搞学问的人眼睛好使。"面前的小警察揉了揉太阳穴，那里的青筋凸出，淡淡的蓝色一直伸展到黑黑的眼袋下方，看得出来，是有阵子没睡个好觉了。他另一只手拿着的小本本伸了出来，里面夹着一张照片。

是一个女人，皮肤白皙，眼睛圆圆大大黑黑亮亮，眼睛下方的卧蚕鼓鼓，弯成一枚新月，不用往下看都能知道，那粉嫩的唇线是上扬的，微露唇珠。

是个美人。

"见过这人吗?"小警察公事公办的口吻,却在"吗"字出口的时候因为一个哈欠而拖了一个长长的尾音,声音立即粗了起来。

随着哈欠的吐气,一股不轻不重的酸腐味从小警察的喉咙里涌出,尽数喷在了方致何的脸上。

很显然,方致何被这味道镇住了。

就在他想着要不要挪开两步保持个距离的时候,阿春凑过来,掏出烟盒,递一根给警察:"警官辛苦了,他这个人呢,不太擅长人际交往,一和陌生人说话就会紧张。"

警察推开烟,将照片递给两人,问:"见过没?"

方致何看着照片没回答。阿春又贴身过来:"哎,这不是马路对面那家书吧的老板吗?"

"和她熟吗?"

"熟啊,我们每周都会去书吧几回,老板调制的饮料很好喝,而且书也多。"

警察边听边快速记着什么。

"那昨天晚上8点到10点,你们见过她没?"

方致何摇摇头。

阿春也摇摇头:"老板怎么了?"

"死了。"

阿春吓一跳:"放假前我们才去过书吧,怎么人就没了呢?"

闻言,方致何也皱眉朝马路对面打量着。

"她的尸体在你们大楼发现的。"

凌晨4点钟,保洁打扫卫生,在12层的男厕里发现了袁雨的尸体,窗户边有血迹,可能是凶手逃亡的地方。

12层是方致何所在的基因A组,研究方向是克隆人。

警察走来走去,问询情况,取证,一时间A组几乎暂停了所有工作,全面配合警方调查。相比起来,科研所更希望能早点破案。

好不容易所有人名单都对上了,电梯恢复使用。大厅的人都散了。

方致何从电梯出来,发现整个12层都异常沉默。虽然平时也很安静,但12层除了他们这些工作人员,还走动着一些初代的克隆人,从外观上看,他们与人类无异,即使混入人群中,普通人也无法辨别出他们。

但这会儿,所有的克隆人都被推进了实验室。

原本科研所打算这个月末投放一部分克隆人进入市场,但这个计划被突如其来的杀人案耽搁了。不管凶手是不是这栋大楼的人,都会给这栋大楼抹黑。再者,如果凶手真的是这其中之一,那么机密会不会因此泄露?

为此,基因A组召开了紧急会议。

会议结果是决定关闭目前所有克隆人的Root权限,让其成为一个肉体机器人的休眠状态。

"那我们家里的那些克隆人管家也要送回所里吗?"

方致何摇头:"初代的试验品,就我们这几个骨干人员家里有,不需要送回。每天的观察记录还是要照常发送。但为了安全隐患,需要关闭他们的系统权限。"

　　清明前后,雨水甚多,防不胜防。窗外闪过几道闪电,方致何拿着一杯咖啡走到窗口,看着马路对面那家店门紧闭的书吧。

　　阿春静悄悄凑身过来,弯腰伸嘴喝了口方致何的咖啡,撇撇嘴又吐了回去。方致何恼怒地盯着手里的咖啡,但阿春丝毫没感受到,他也盯着楼下的书吧方向,抱怨道:"真难喝,还是书吧老板的手艺好,可惜再也喝不到了。"

　　方致何把杯子塞进阿春手里:"你这行为很没教养。"

　　阿春一阵脸红,但更多的是惊愕。换作以前,方致何会放弃这杯咖啡,但不会这么说他。在他印象中,虽然方致何算他的上级,但他气场很弱,除了工作环境中,其他时候都是内向到一开口就会脸红。

　　怎么今天火气这么大?

　　都怪这起杀人案,大家时刻处在监视之下,扰得人心性都变了。阿春如是想。

　　晚饭时间,雨还没停,反而更大了些。其他同事早去食堂吃饭了,只剩投入工作中的方致何。他转转眼珠,走到窗前,想远眺放松下。但窗外模糊一片,可视距离不够理想。就在他打算转身去食堂时,他看到有个瘦小的人影出现在雨中,撑着一把大大的黄色雨伞。狂风几番要掀开雨伞,都被撑伞人稳住了。

　　很寻常无聊的风景,但方致何却没移开视线。

　　再一阵风来,吹走了雨伞,露出一头乌黑的直发。

不知怎么的，方致何很想看看她的正面。直发女人没有追伞，淋着雨小跑几步到书吧门口，蹲下身摸索了会儿，似乎在开门，但弯身好久也没见她拉开门，然后是站起来，朝四周看着。不一会儿，似乎看到了对面窗户边的方致何，她冲方致何的方向挥着手。

方致何不相信地用食指指向自己，下一秒，马路那头的女人点点头。

方致何似乎看到了雨珠随着她点头的动作，顺着发丝滴落。

风雨不休，女人的伞早被风刮得没影了，此刻蜷缩在店门口巴掌宽的屋檐下躲雨，似乎随时都能被风吹走。方致何从窗边拿起两把雨伞。

方致何坐在懒人沙发上打量着这书吧，柜台上一件件饮料机器摆放整齐，各种杯子、碟子看着也很精致，正在闪着微微银光，似乎在等着重新被一只好看的手拿起。墙壁四周的书架上摆得满满的，在昏暗的灯光下，看得清五颜六色，辨不清字迹。目光由远及近，桌椅上蒙着一层薄薄的灰，像是盖了一层纱。之前也偶尔和同事们来过这边几回，每回他都是安静地看着书，倒从来没在意过这里的摆设，更没有注意书吧的老板。

方致何伸出手轻抹桌面，指头罗圈处沾了些灰尘，触感没那么令人厌恶，反而像熟睡少女的脸蛋般温软。那个女人就是这时候从储物间里走出来的，低垂着头，看不清脸庞，双手握着一条白毛巾正细细地搓擦着湿透了的长发，一滴滴雨滴从脸庞滑落，落在细长、冷静又带着一丝艳魅的锁骨上，再顺势滑进胸口，消失无踪。

方致何轻微动了动，身下的懒人沙发在这安静里发出颗粒摩擦声。女人一愣，看向方致何，歉意一笑："我没找到吹风机。"

其实你也没找到可替换的衣服，方致何心想。

他站起身，不知怎么地想起那句"书吧老板手艺刚刚好"，鬼使神差地，他指了指吧台上的咖啡机，问："有咖啡吗？"

"不知道，但我可以试试。"

女人走进吧台后，开始捣鼓咖啡机："我好多年没见过姐姐，不想，她竟然会……"

女人的肩膀压抑地抖动着，水滴随着这抖动，落到肩膀上，融入衣物中。

"你姐姐是？"

"啊？你不认识我姐姐？"女人扭头看方致何，湿答答的发丝轻扫过方致何的脸，又落回自己肩上，她盯着方致何，问，"你没觉得我的长相很眼熟吗？"

方致何有些尴尬地低下头，盯着脚尖，不知道怎么回答女人。女人很快明白过来方致何可能并不认识她姐姐，还以为她在撩他，她问："你不知道这家店以前的老板长什么样子？"

方致何有些尴尬，他记得自己有多次来过这家店，但对于死去的老板，他似乎没什么印象。或许是因为他之前太过沉迷工作，对周围一切不甚关心吧。

之前的书吧老板叫袁雨，眼前的这个女人是袁雨的双胞胎妹妹袁墨。在中学时期,她们的父亲死于一场意外事故,之后姐妹两人就被不同的亲戚收养,改了户口,唯独没改她们的名字。袁雨随着姑姑留在了这座城市,而袁墨则跟着一个远房舅舅去了另外一个城市。之后,姐妹再也没见过。如果不是袁雨死了,袁墨怕是此生也不会有什么机会来这座城市。

伴随着窗外的雨声,袁墨简单地交代了她的身份。

方致何的原生家庭很是普通,父母各方面条件尔尔,这样的家庭经历最为普通,所走之路向来不偏不倚,中规中矩。在家庭生活里,方致何自然也不曾经历什么颠簸,听完袁墨的话,心里生了三分同情。

"啪——"一声,电闸跳了,屋子陷入暴风雨带来的昏暗和只有两个人的安静,安静得能听到雨滴砸到玻璃窗户的节奏。方致何甚至跟着雨声,在心里听出了《雨一直下》的旋律。他在心里哼着歌的时候盯着袁墨。他没意识到,但看得出袁墨有些不自在。她撩了下垂下的发丝,转身去检查咖啡机。再转身时,手里多了一杯咖啡。昏暗中,她礼貌地微笑,带着几分悲楚,几分纯真。

"只有一杯,请你喝。"

袁墨将咖啡递向方致何,补充了句:"谢谢你刚刚帮我,也替我姐姐谢谢你们平日里照顾她生意。"

接过咖啡杯时,方致何不小心碰到了袁墨的手,为掩饰尴尬,他慌忙举杯,挡住了半张脸。

笃笃笃的敲门声,及时挽救了两人的沉默。

门被推开,一股雨水的清凉冲进来,两名警察走了进来:"袁小姐。"

袁墨朝警察点点头,看了眼方致何,没说话。

方致何喝了口咖啡,味道很不错,难怪阿春要说自己泡的咖啡难喝了。他一口饮尽,警察也走到了跟前。他把杯子放在吧台上,打了个招呼要离去,却被袁墨拦住了。

"稍晚些时候,我可以去找你吗?想多了解一些姐姐的事情。"

方致何想要拒绝,对于袁雨,别说了解,他其实连一点儿清晰的印象都没有,但看到袁墨那哀伤的眼神,他终是忍住了,点点头。

雨一直下,袁雨葬礼那天,天却晴了。

虽说案情没有进展,但死者为大,警方在一系列严密的尸检后,还是让袁墨领回了袁雨进行安葬。警察经过这段时间不厌其烦的调查,还有袁墨的走动,基因组的大部分同事都参加了葬礼。阿春尤为熟稔,忙前忙后,不过这并没让人觉得突兀,反正他向来就是这样一个人,高调,圆滑,什么事情都喜欢插一脚。

倒是其他人对方致何也参加葬礼这件事感到有些疑惑。方致何从来只醉心于工作,对工作以外的人和事,向来不会多看一眼。这次竟然会为了参加袁雨的葬礼,推掉了一个大学的讲座。

大家离开墓地的时候,方致何听到前面两个同事小声嘀咕着。

是吗?我竟然是这么不近人情的一个学究派吗?

他想起前一天，忙完所有的工作，已经是深夜了，他刷卡出了一楼大门，看到袁墨抱着一把伞缩在屋檐下。微风带过一阵毛毛雨，即使淋一路，也只是像蒙了一层头纱的程度。袁墨打开伞，看着他，解释着："这座城市雨水太多，不知什么时候就会来一场暴雨，我就拿了把大伞。"

"你在等我？"方致何有些犹豫，但还是问出了口。

袁墨点点头，伸手接了接雨，又收回伞。肚子这时候发出了轻微的咕咕声，她不好意思地笑了："等了一会儿，有点儿饿了。"

这是方致何第二次看到袁墨笑，上一回笑容太过悲伤，这回倒带着几分女孩子的娇羞。方致何不由得心头一颤，带着袁墨去就近的一家深夜食堂消夜。

关于袁雨，自己的印象和从同事们那里听来的一些，方致何全都告诉了袁墨。袁墨也不说话，安安静静地听着，偶尔回过神来，夹起一片冷掉了的五花肉塞进嘴里。

凌晨3点钟，天色没暗透但也没亮起来，灰蒙蒙的一片。

方致何送袁墨回到书吧，看着袁墨关了门，转身离去。却见身后门又开了，袁墨迈步出来，问："明天的葬礼，你会去吗？"

"我和你姐姐并不熟悉。"

"你是我在这个城市认识的第一个人。"

之后，两人再也没说什么。但第二天，方致何随阿春一起出现在葬礼上的时候，他看到袁墨的视线一直在四处寻找，随后落在他身上便不再移动，当两人视线相遇时，她像是做了坏事般地移开视线，但嘴角多了一丝笑意。

也许是那句"你是我在这个城市认识的第一个人"后的欲言又止，也许是男人本能的保护欲，也许是她冲泡的咖啡的确很好喝，总之方致何给自己找了很多个理由，去解释自己参加葬礼的行为。

葬礼后的第二天，方致何意外发现整日拉紧窗帘的"渐渐"书吧营业了。听阿春八卦说，原本袁墨是要将其转手的，但在整理书吧旧物的过程中，她改变了主意。

"也许，这就是姐妹情吧。既然姐姐这么喜欢这家书吧，那我就替她做下去。至于能做多久，就看上天的指引了。"

袁墨将一杯咖啡递给阿春。阿春接过咖啡，闭眼闻着，很夸张地吸吸鼻子，再转手将其退回袁墨的方向，轻甩了头，说："老板，这杯咖啡请你喝。"

方致何一推门，就看到阿春撅着屁股趴在吧台上，朝袁墨放电，很是惹人讨厌。他径自走向吧台，拿起那杯咖啡喝了。

"哎，你、你、你怎么喝了我的咖啡？"

"你平时喝我的还少吗？这杯就当是还我的。"

方致何放下杯子也不理阿春，循着空位走去。阿春盯着方致何的背影，自言自语着："他最近好像比以前活泼多了。"

袁墨也看着方致何，嘴角扬起一丝微笑："我觉得现在这样挺好的。"

"是吗？"阿春回过头来，袁墨的笑容也淡了下去，沉默不再说话。

自那以后，方致何竟是每天都会去"渐渐"书吧，每天中午12点准时到，选一个位置，点一杯咖啡，挑一本书，坐到1点半回研究所。有时候人多，没有座位，方致何也不在意，随便挑一个楼梯台阶坐下。

那天，也和平时一样，方致何也没看到空位。

袁墨将咖啡递给方致何，指着靠窗的双人位，笑着说："坐那边吧。那本书是我放的，给你占的。"

说完，又转过身去忙碌。

那个桌子上摆着一盆绣球，看起来比周围的要新鲜一些。方致何收回视线，拿起咖啡，轻轻说了声"谢谢"。背对着他的袁墨点点头，也没吭声。

渐渐地，方致何习惯了袁墨的咖啡，再也没办法喝茶水间里的咖啡了。这个细节还是阿春发现的。

那天，他刚刚从书吧回到12楼，去接了杯咖啡，才凑到唇边，尚未下咽，就觉得味道不对，几乎是下意识的动作，他把咖啡倒掉，杯子扔进了垃圾粉碎机里，还摇着头说："不好喝。"

阿春点头："是啊，自然是比不上袁家姐妹的手艺。"

方致何吓一跳。

阿春又说："你该不会是对袁墨有意思吧？"

那天晚上回到家，翻来覆去，怎么也睡不着，阿春那句话一直盘旋在方致何脑子里。他索性掀开被子，走出卧室，经过客厅的时候，他不经意地看了一眼躺在客厅沙发上睡得沉沉的克隆人管家。

脚下的拖鞋绵软无力地蹭在地板上，发出的声响在深夜里被放大。沙发上的克隆人管家翻了个身，身下的皮质沙发发出了吱吱声。随后管家揉着眼支起身,懵懵懂懂地看着方致何。

"主人,需要我做什么吗?"

方致何向沙发这边走了几步,想说些什么,但张了张嘴,什么也没说。不知道为什么,他本能地有些排斥他的克隆人管家,虽然他跟了自己也一年多了。他又摆摆手,没什么可说的,所有人的克隆人管家系统都被限制了,这会儿跟他也谈不了什么心里话。

他朝阳台走去。身后沙发又是一阵吱吱响,片刻后发出轻轻、绵长的呼吸声。

此刻的窗外一片寂静,无星无月,夜色层层叠起,一层层黑向了远方的天际,再一点点生出铅灰色,再过渡到灰白色。

接着,鸟鸣声便在看不见的地方奏起来。

一夜无眠。

满脸疲惫。

方致何还是没想明白,自己为什么竟要天天去楼下书吧喝咖啡。是因为咖啡好喝,还是因为人?

可是袁雨的案子还没着落,自己这样的情愫出现得是不是不合时宜?

次日,方致何没去书吧。他站在窗边,看着不停有人从书吧门口进进出出,但看不到柜台里的那个人。直到下午工作时间到了,阿春拎着一个袋子过来递给他,是"渐渐"书吧的Logo。

"老板说你叫的咖啡,让我顺手给你带过来。"

[098] 地球少女的情话

方致何木讷地接过，他肠胃不太好，即使天开始热起来，还是喝热咖啡。今天这杯有些烫手，但他没松开。

从那天起，那咖啡竟是一天接一天地送来。

直到有一天，袁墨拦在楼下，牵起了方致何的手。

早些时候，方致何不是没谈过恋爱，同事、家人或多或少也介绍过一些适龄的女人给他认识，也处过几回。起初她们被方致何的职业光环吸引，但约会几次下来，大多数打了退堂鼓。方致何太无趣了，这是她们给予的评价。不过方致何也从没觉得惋惜，他有工作相伴。

但袁墨不一样。

她和那些女人不一样，她和所有女人都不一样。

那天中午，方致何去了书吧，照例点了杯咖啡。

"晚上我等你下班，带你去我的秘密基地。"

整整一个下午，方致何都在想着袁墨的这句话。对于未知的浪漫，尤其是心上人精心布置的，男人和女人一样，都充满了期待。纵使方致何工作素养极高，也免不了数次走神。

好不容易等到下班。他从窗户看去，刚好看到袁墨在锁店门，挂上"今日暂停营业"的牌子。他笑了，也拿起外套。

到了楼下，袁墨已经靠在门口等他了，幸福的笑容藏不住，他冲她笑着，要往地下停车库走，却被她拦了下来。

"开我的车，我买了好多东西。"

两人开了一小时的车，来到城郊一处地方。

到的时候，太阳还没完全沉下去。袁墨招呼方致何从后备厢里搬东西，那里整整齐齐码着好几盒熟食、洗干净的水果和啤酒饮料。

袁墨拿过野餐布铺在草地上的瞬间,方致何脑中闪过的却是袁墨铺床单的画面。他晃晃脑袋,内心责怪自己想得太快,抱着食盒去帮忙。

"这些我来,你去搭帐篷。"袁墨很默契地接过食盒。

布置完一切,天也擦黑了。漫天的星星像是被拧了开关一样全都亮起来。

"美不美?"袁墨双手撑在背后,仰头看着天,"我以前每逢周末就会来……来一场这样的小露营,看着黄昏吃晚饭,等星星升起来瘫在帐篷里看星星,看着看着就睡着了。"

"我很久没看到这样的星空了。"

方致何也被这片星空吸引住了。他已经记不起来上一次看这样密集的星星是什么时候了。现在的城市污染虽然已经有了一些改善,但高楼密布,楼恨不得越建越高,再过些年,怕是城里人都忘了大自然里还有赏月观星这种事了。

郊外很静,草地蔓延进山边的夜色中,两人边聊边吃,竟也吃了好几个小时。收拾完,两人背靠着车身,一人一瓶酒地喝起来。

也不记得聊到什么话题,两人哈哈笑起来,同时侧头看着对方。笑声止住,笑容还挂在脸上。脸,越靠越近,彼此能感受到对方呼吸的热气,正轻轻地抵达对方的脸颊。

就在方致何的唇要吻上去的时候,突然一阵晕眩袭来,像旱鸭子在沙滩上被一个浪头打下,痛楚和窒息一起盖住他。他猛地撇开脑袋,狠狠闭上眼睛,双手捂着整张脸,粗暴地喘着气,冷汗也瞬间冒上头顶,背后也是潮湿一片。

"怎么了?"袁墨温柔的声音里带着几分担忧。

他摇摇头。过了好一会儿,才坐正。脊背挺直着,他看着袁墨,欲言又止,最后移开视线,轻轻回答:"可能最近工作太累了,有些疲惫。"

"要来杯咖啡吗?"

"不用,我去车里休息会儿。"方致何站起身,袁墨在身后提醒他,"去帐篷里休息。"方致何拉车门的手停下来,又朝帐篷方向走,走了两步,整个人摇晃起来,啪唧一声摔倒在地,竟然晕了过去。

袁墨惊呼着扑过去,确认方致何没什么大碍后,蹲坐起身,看着方致何胸膛的轻微起伏,抚摸着他的脸,喃喃道:"我好像爱上你了,是你吗?"

方致何自然是回答不了她。她抬起头,看着天际,那里一片星光,也没法回答她,到底是星光更灿烂,还是黑幕的夜空更黯淡。

方致何做了一个长长的梦,醒来时已近清晨,星光散去,东方泛白。他疲惫地起身,发现自己睡在前一晚搭好的帐篷里,只有自己。他慌忙拉开拉链出去,远远地看到袁墨靠在一棵树上,正在抽着烟。

他从未看过袁墨抽烟,也没听说过她会抽烟。她有什么烦心事?难道她看出端倪了?

在那个模糊又漫长的梦里,他似乎隐约看到了袁雨被杀的过程。

接连几次梦到同样的场景，让他有些困惑。他这是爱袁墨，所以急于想要帮她解忧才不停做梦吗？可是这梦境却打扰了他的正常生活，他一次次从梦中惊醒，一次次看到袁雨那狰狞恐怖的将死面孔，一次比一次清晰，一次比一次更靠近他。

为此，方致何特地去找了心理医生。医生说这是压力过大导致的，可能是工作操劳，患得患失太过焦虑。不能说多次梦到自己杀人，就真的代表自己杀过人了，梦境不会那么逼真地对应现实的，但有些梦境的确是对应着身体情况的。医生建议方致何好好休息，别想太多。

他还去打听过案情进度，得知还在排查中。凶手可能是大楼以外的人，因为那天有人的门禁丢失过。

警方并没有和方致何说太多，倒是袁墨的一句话引起了方致何的注意。袁雨被杀于清明假期，大家都放假回家了，而那天所有的工作人员也都有不在场证明。

"如果说是你们谁干的，除非是分身。"

袁墨说这句话的时候，语气有些沮丧。眼看着姐姐被杀已经有了一段日子，但凶手仍然逍遥法外。

但这话落在了方致何耳中，他听出了别样的意味。

分身？

研究所12层，还真的有好几个人拥有分身。

之后上班的每一天，每一分钟，方致何都开始打量着同事们。可是他毕竟不是警察，根本没办法判断出谁可能是凶手。而这件事，又不能告诉警察——在克隆人研制初期，基因A组的部分核心人员贡献了自己的DNA去培养克隆人，作为初代试验品。经过几次试验后，初代克隆人已经具备了人的意识，他们是要将其投入市场的，但为了保险可见，核心人员还要继续使用克隆人管家，并要对其行为进行记录。

这件事，是极其秘密的。只有那几名核心人员知晓。而实际上，核心人员之间是不知道谁家里藏有克隆人管家的。只有方致何，他知道所有人的名单。

那天晚上，他梦中的视角终于变化了，他看到了杀死袁雨的凶手了。

正是他自己。

从梦中惊醒，他一头冲进了洗手间，拧开水龙头，拼命地往脸上浇着冷水。

清醒点。怎么可能呢？肯定是哪里出错了。

为什么是自己梦到了凶手？为什么死去的人是袁雨？

可是为什么梦到的凶手是自己呢？难道真的是自己所为吗？

是他的记忆出了问题吗？还是他的脑子里住的不是自己？

你是我吗？方致何对着镜子问自己。

他明明对袁雨都没什么印象，怎么会杀了这样一个手无寸铁之人？而就算是他做的，那为什么一点记忆都没有，还是通过这样一个梦境获知的片段？

他又想起"分身"。关了水龙头，整个屋里安静下来，只听到脸上的水滴滴落在水池上的声音，还有，客厅沙发上轻微的身体翻动声。

他的克隆人，在没有忧愁地睡觉。

其实，方致何不是没想过，也许是自己的克隆人杀了人。

但结果万万没想到……

他没回卧室继续睡觉,而是在书房里翻看各种资料到天亮。

"方可,你过来。"

目前休眠中的克隆人都是按编号来的,方致何却给他的管家取了名字。

方可顺从地走进书房,停在电脑边。方致何打开电脑上的隐藏程序,开启了克隆人方可的全部权限。

"你有没有出过这个屋子?"

方可并没有迟疑,回道:"有。"

方致何惊得站起身来。他不记得他什么时候允许方可出过屋子。

"什么时候?"

"在清明假前。"

"你见过渐渐书吧的老板袁雨吗?"

"见过。"

方可供认不讳。

方致何的手心却渐渐出了汗,冷汗袭上了后背,他弓起身体,屏住呼吸,一字一顿地问出了那句话:"是你杀了袁雨?"

"是的。"方可抬起头,直视着方致何,"我是误杀。"

"不可能!克隆人第一法则是不能杀害人类!"

"你错了。"

方可摇摇头,从酒架上拿过一瓶酒。方致何肠胃不好,但又爱喝酒,所有酒都放在架子上,从不放进冰箱里。方可仰脖喝了两口。

"克隆人法则第一条，克隆人管家无条件服从本体，除非本体发出的指令是伤害任何人类包括本体自己的安全。"

"你什么意思？"方致何不敢相信地看着方可。方可没有回答，只是走到电脑前，按下了关机键。

"你已经知道了，不是吗？你看，你的电脑控制不了我。"

这真相来得过于触目惊心，方致何跟跟跄跄出了门，也不知道走了多久，他发现自己停在渐渐书吧门口。透过玻璃，能看到袁墨打着哈欠在擦着餐具。

似乎心有灵犀，她突然扭头看到了他，她的笑容像木槿花一样绽放开。

方致何坐在靠窗的桌边，和袁墨一起吃着她熬的小米粥，配着腌制的一碟豆角和一盘青椒鸡蛋，很是下饭。

吃完饭，还没到书吧的营业时间。两人索性关上店门，去二楼的播放室，挑了个片子，看起了电影。这是个悬疑恐怖片，袁墨看得很认真。每当紧张的音乐声响起，她就缩进方致何的怀里，似乎这样就很安全。

"如果，我是说如果，你姐姐的死和我有关，你会怎样？"方致何盯着怀里的袁墨，心不在焉地问。

袁墨从方致何的怀里起身，诧异地看着他。

"这种事，不要乱开玩笑。"

"我说的是如果。"他挤出一丝惨白的笑容。

"绝不可能和你有关系。"

方致何紧紧抱住袁墨。临别的时候，他松开袁墨，认真地说:"你放心,袁墨,我知道你留在这个城市,不是为了这个书吧,而是要看到杀你姐姐的凶手落网。我会帮你的。"

方致何走出渐渐书吧,并没有回所里,而是打车去了派出所。

"为什么你不受我的电脑控制?"方致何跳了起来。

"因为我不是克隆人。"

"那你是谁?"

"人类。"方可坐了下来,一字一句道,"或者说,我叫方致何。而你,才是方可,我的克隆人管家,我才是你的本体。"

"不可能!"

方可——真正的方致何站了起来,稳住他,说:"我知道警方还在追杀凶手。你面前有两条路可以选:一是伪造一份证据,随便嫁祸给谁,只要能结案就行。"

"不可能,克隆人不能危害人类的安全!"

"很好,这句话证明了我们试验的成功。你能判断指令是否合理。那么,第二条路是,我给你伪造一个身份,你替我被定罪。"

说着,方致何撸起了袖子,将手腕上的一枚手表形状的东西摘下,塞进方可手里。瞬间,方可看到了梦里的画面。

那是真正的方致何失手杀了袁雨的过程,他将这段记忆,完整地给他了。

一路上,方可都在回忆与袁墨相识的点点滴滴。他很感谢方致何一直给他人的权限,让他能遇到袁墨,能与其相爱。方致何是他的再造父母，他的指令对于自己来说，就是程序。可是，他当人太久了。很多事情，他有自己的判断。

下了车，他找到警察，是当初那个年轻的小警察。

"你好，我来自首。我是一个克隆人，我的本体方致何，是杀害袁雨的凶手。"

他知道无论他选择哪条路，他都没有活路。

他如果顶替罪名，会死，像一个人类一样被处死；他如果说出了真相，那么方致何会被判刑，而他，伤害了本体的克隆人会被销毁……

如果没的选，那么，是否要对得起自己爱的人？

三天后，方致何因过失杀人被判无期，而克隆人方可因为试验的问题被留下，但记忆被销毁……

整个宽大监狱，四面铜墙，没有一扇窗户。白晃晃的光线从屋顶四射开来，像是炸开了一个闪光弹一样，明亮得有些过分。

袁墨揉揉眼，打量着眼前的这一道风景。偌大的监狱里没有分间，每隔几米摆着一张床，一把椅子，一个小型封闭式的空间——厕所。

现在是午休时间，这里安安静静的，有人坐在椅子上发呆，有人躺在床上发呆或熟睡，无一例外的是他们身边都有一个长得一模一样的克隆人，要么靠坐在床边的地板上，要么站在椅子边。

许是从来没来过监狱吧，袁墨很是好奇这一场景，但是顾不得好奇，一路辨识着她要找的人。往里走了很久，终于，那个熟悉的脸庞冒了出来,硬生生地区别开了其他囚犯。

他的脸上毫无表情,可依旧让她的心跳加剧起来。

袁墨不敢想太多,只是一步一步地走过去,高跟鞋击打着地面,发出清脆的撞击地面声,大概是这里唯一的声源了。

眼前正低头坐着的人突然抬起脸,看了看袁墨,脸上闪过一丝迷茫,瞬间又咧嘴笑了开来,斯文又儒雅。接着坐着的人猛地转身,伸手推了一把站在他身后的那个一模一样的人。

站立的人打了一个趔趄,毫无悬念地朝一旁倾倒。

瞬间,从地面闪过四道红艳艳的线条,往上延伸,直到蔓延出十二道红艳艳的射线,立出一个长方体,包裹住两人原本的位置。方可倾倒的身体冒出线外,红线闪过,一阵皮肤被灼烧的气味在空气里传开。方可裸露在外的皮肤上赫然一道烧伤的红痕。

"啊!"袁墨忍不住惊呼一声。

头顶上方立刻响起了警报声:探监人员请安静,否则立刻结束探监。袁墨捂住嘴,不敢再发声。

袁墨狠狠地看着方致何,又将视线转向他身后。

那个和方致何长得一模一样但呆滞的人,是她以为自己不在乎但实际午夜梦回怎么也无法忘却的人。

方致何看着那道红痕冷笑道:"看到没,克隆人没有知觉。"

方可起身,毕恭毕敬地回到方致何身后,似乎刚刚什么也没发生。

方致何把视线投到袁墨身上,上下打量着:"呵,真有趣。我杀了你姐姐,你爱上了我的克隆人。真不知道你姐姐知道了,该怎么想。"

"他不是你的,他有自己的意识、自己的思想,他和你不一样。"

"是吗?那你看,他还记得你吗?"

袁墨走近,四周亮起一片红色射线,勾画成一个方正的矩形,像屏障一样拦住了袁墨的去路。她只好停下,贴着射线边缘,隐忍地轻声呼唤着:

"方可。

"方可。

"方可,我是袁墨啊。"

一声又一声,听到方致何都已经不忍心再冷笑了,但方可依然呆滞地站在他身后,面无表情,唯有呼吸的起伏。

头顶上方再次响起警报声:探视时间已到,请探视人离开。

袁墨绝望地转过身,高跟鞋敲着地面,再也没有来时的清脆,而是沮丧地刮着地面,发出刺耳的声音。

方致何叹了口气,轻拍着方可的脖子,摇着头:"可怜。"

方可的眼珠转了转,突然看向袁墨的方向,喉结在微微颤动着,似有微弱的声音从中涌出:"袁——墨——"

高跟鞋踢踏的声音生硬地止住,袁墨不可思议地回头,朝方可奔去,耳边有风将那声微弱的"袁墨"送来……

不完美替身

　　周洲迷惑了,他不知道哪里出了问题。
　　他看着熟睡的婴儿,在玻璃试管里含着大拇指,
　　他不知道接下来要做什么。

1

周教授从实验室里出来,站在走廊上,看着楼下大厅里的某个点,沉默不语。

周洲顺着周教授的视线望去,那里是一个硕大的石雕。石雕刻的是字母C,那是四十年前雕刻的,一直镶在一楼大厅的正中央,由于角度和楼层的原因,从这里望去,那个设计得有些像烟斗的C看起来就成了一个短小的横线。

整整过去四十年了,在这座大楼奋斗了四十年,可还是失败了。周洲看着周教授花白的短发,想安慰他,但说了一个"爸"字就不知道该说什么了,只得陪他一起看着那个C字。

良久,周教授对周洲说:"启动Plan B。"

周洲点点头,沿着走廊快步离去,加了无尘软套的鞋子踩在地板上,悄无声息。

周教授又扫了一眼手里的实验报告表,疲倦地摇着头,正要回到实验室分析数据,却听见圆形走廊看不见的尽头有急促的脚步声传来。无论任何时候,这一层都是安静的,这突然传来的"哒哒"声让周教授有些心慌,心里没有来由地溢出一丝不详的沉闷感。脚步声由远及近,只见平日里最为稳重内敛的助理小许急慌慌地赶来,一面喘着气,忘了平日里的素养,一面冲着周教授直喊:"教、教授,Plan B执行不了了……"

"什么情况?胚胎室出了问题?"

"不,是完美种子失踪了。"

2

一个月前。

"请各部门做好准备,第四代C星球繁殖计划三分钟后正式启动!"

中国,北京,最高的那座大楼里,广播里浓浓的京片子播音腔响遍各个角落。几队白大褂加身的男男女女们正整齐排列着,大家都戴着口罩,正在三三两两地轻声嘀咕着。

"转眼间,都已经到第四代了啊。"一个头发有些花白的白大褂自言自语着。他是周教授,当年参与了第三代W星球繁殖实验,那次实验,真是史上最成功的一次研究,尤其是当年居然成功地培育出了一名完美类人类的W星后代,虽然只有一名,但这无疑是人类科学史上最成功的一次杂交繁殖。

"爸,C-29也在这次的繁殖计划中吗?"

说这话的是周洲,周教授的儿子,从小受周教授的言传身教,对外星科研繁殖工作有着无比的兴趣和天赋,年纪轻轻,就被筛选出来成为一名见习科研工作者。他也是参加此次繁殖计划的工作人员之一。

"她那么完美的种子,不会轻易使用的,她是Plan B。"周教授一字一顿地说。

但他们不知道，他们口中的完美种子，此刻正受着言语霸凌。

各个公示牌上都轮番滚动着这次的繁殖计划人员名单。看到自己名单的人，都在人员登记室门口排起了队伍，挨个领取注册手册和号码牌。

C-29站在队伍的末端，听着大家兴奋地叽叽喳喳。

"没想到这么快就要参加繁殖计划了。"

"是啊是啊，我平日里体能不是太好，还以为自己选不上呢，能选上太开心了。"

"你说没被选上的会是哪些人啊？"

"管那些不中用的人干吗？"话语中满满鄙夷的语气。

听到这里，C-29的头更低了，后面又来了几个人，她强颜欢笑和别人换了位置，站回了队伍最末端。

这一届的繁殖名单里没有她。初时的震惊退去，现在只剩下羞愧。她排队不是去领取号码牌的，而是想偷偷地问研究人员，是不是弄错了，还是说在开一个愚人节玩笑。

然而，负责名单登记的研究员却十分认真地告诉她："亲爱的C-29，你的体质特别棒，不要怀疑自己。至于这次名单里没有你，是上级有其他安排。"

"什么安排？"

研究员一愣，这只是她礼貌的托词。

见研究员说不出来，C-29心里也明白了三分，她还是不能相信，她央求对方再次检查名单是否有遗漏。但对方以一句"我还有其他工作"打发了她，便不再搭理。

C-29很是失落地回到健身大厅,她知道身边的其他女人都在盯着她笑着,还不时小声嘀咕着。

"一定是体能不行。"

"一定是不能繁殖,你看她腰身那么细。"

"也许是基因不好,不能与外面的男人匹配。"

更有甚者在经过她身边的时候故意掉落一个哑铃,直滚滚地砸在她的脚面上。她一声不吭地站起来,停止一天的锻炼,回了房间,把自己关了起来。

不能让自己这么多年的等待就这样没了希望。一定要想个办法。

3

其实人类繁殖C星人有一个很大的阴谋。

如果从人类的立场来说,C星人原本生活的环境要比地球恶劣得多,那里在距离太阳系最近的黑洞的最小安全距离内,常年受到各种辐射的危害,又因为邻近黑洞,大部分光源被黑洞吸走,仅剩部分微弱的光亮,简单说基本上常年处于地球上的夜幕色边缘,一切物体都是蒙蒙亮,因此也有部分人称呼C星球为半瞎子星球。

也就是说,C星球人其实身体素质比人类高级多了,他们不怕黑暗,他们能抗辐射,他们甚至能在失重少氧的情况下生存。再加上近五十年的隔绝教育，现在地球上生活着的C星人以为自己和人类是同一种生命体，不过是不同种族罢了，毕竟地球上也有着黑种人白种人黄种人。他们以为，他们是四大种族之中的守护族。

所以，让他们去充当人类向宇宙前进的第一批死士，是非常低成本且有价值的行为。而他们，也乐于接受守护者这样的使命。

因为历史原因，人类对C星人有着无法断念的防备心，只有这批人具备地球人的基因，他们才放心让他们前去。一方面，这也是要渐渐稀释C星人的基因里携带的意识，让其完全为地球人服务。

第四代繁殖计划如期执行。

数千名适龄的女人，按照号码牌排号，分别进入了不同的胚胎实验室。一个月的等待后，等来的却是大失所望的结果。

在胚胎离开试管进入母体的那场手术里，所有的胚胎里植入了一种细胞，按照进化论的模拟结果来说，这一批次的婴儿的大脑里应该多一个小小的区域才对。

然而没有。

在此之前，整个科学界对于第四次C星球繁殖计划，都抱着一种很乐观的态度。他们以为经过这一次的培育，新生的C星人，可以生存在缺氧的环境里。

然而每一个放进模拟装置里的婴儿都停止了呼吸。

虽说也考虑过失败率占比，但是谁也没想到第四次繁殖计划竟然全面失败。

周教授不相信他眼前看到的一切，玻璃试管里那个幼小的婴儿在拼命地挥舞着手臂，在挣扎，旁边的助手在小声提醒："教授，如果不打开装置，这个孩子恐怕也要——"

　　"不可能！"周教授直盯盯地看着玻璃试管里的婴儿，"这是最后一个，这一批次不可能没一个成功品的。"

　　"教授——"

　　"再等等！"

　　孩子突然停止挣扎，小手渐渐放下来，她躺在玻璃试管里，放松了下来，鼻翼轻扇，呼吸渐缓和。

　　周教授回头，看到周洲冲过来，脸上的神色带着明显的怒气。

　　"谁让你开启密封设置的！"周教授眯着眼，眉头紧皱。他正要去按某个按钮，却被周洲拦住了，他抬头，怒视周洲，却一眼瞥到了那个试管里的女婴，突然朝他绽放了一个大大的微笑。

　　"她只是一个孩子！也是一个生命。"周洲轻声请求。

　　"她只是我们繁殖出来的试验品！"

　　"但是她身上流着一半地球人的血！"周洲丝毫不退让。

　　周教授看着周洲一脸稚嫩地维护女婴的模样，让他想起自己年轻的时候，那时候他也曾偏袒过一位C星女人，可是最后的结果……

　　"启动B计划！"周教授没再看女婴，丢下这句话就走了。

　　周洲轻叹了一口气，交代助手把女婴安置好，也转身离开了。希望Plan B能达到他们预期的试验效果吧，要不然第三代的C星球女人们，还得再来一轮妊娠。

但是没有人料到B计划的关键人物C-29不见了。

整个大楼里里外外被搜了好几遍,都没找到,整个城市一整天循环播放着C-29失踪的消息,也一直没见有人提供信息。研究员第一时间去调了监控,却发现就在他们进行繁殖剖腹手术的时候,整个大楼的监控空白了三分钟。

三分钟,足够走出这栋楼了。

但是C-29是怎么做到的,她又去了哪里?她想干什么?有没有人协助了她离开?是地球人还是C星人?无论是谁帮她,都是一种致命的危险。

还有,她会不会对人类产生威胁?

这才是最重要的。要知道她虽然有着完美的人类长相和身材,但是C星人的体能一直强于人类,加上她们长期受到锻炼,身体素质制服几个男人都不在话下。更何况,监控空白的那三分钟,没有人知道她有没有同时从实验楼带走什么。

大厦里的每个人都开始忙碌起来,他们需要采取下一步行动,应对所有可能出现的结果,并且需要清点所有的物品。

4

周洲回到独自居住的屋子。正要关上门,却受到了阻力,他扭头,看到了C-29。

"你、你怎么在这里?"C-29怎么会出现这里?周洲心里一惊，他第一个冒出来的念头是赶紧把她送回去，可是不禁想起今天在实验室的一幕，他如果这时候把她送回去，不免让人联想他和C-29有什么干系，接下来能不能正式进入科研组可能都是问题了。

C-29捏着衣角，一副无助的模样，她盯着周洲，眼神纯洁。

"周先生，你可以帮我吗？"

还是先看看C-29身上有什么秘密吧，包括她是怎么出来的。周洲把C-29引进屋子，给她倒了一杯饮料。C-29蜷缩在沙发上，诧异地盯着手里的透明玻璃杯，那里面的液体正从杯底往上冒着一个又一个的小泡泡。

她从来没见过这样的饮料，她好奇地盯着那些气泡，回答周洲的提问。

原来C-29见所有人都进了手术室，她以为自己是被遗弃的那个人，想了很久，想证明自己的身体是没有问题的。原本她是想找周教授谈心，想要说服周教授给她一个名单，但是周教授一向很难接触，只好退而找周洲，希望他能帮忙说服周教授，能给她一个手术的机会。

"毕竟他是你爸爸，你去求情比较好说服他。"

周洲思索了一会儿，他不怀疑C-29说的话，但是她没有提到自己是怎么出来的，他想了想，还是问了："你是怎么离开大厦的？"

C-29扭着头，想了一会儿："就那么走出来的啊。

"周先生，我是真的想要为成为胚胎试验者。你不知道为了这，我付出了多少努力。"

C-29说得越是诚恳认真，周洲就越难为情。

两人陷入了沉默。

C-29端起杯子小心翼翼地喝了一口，皱着的眉头顿时舒展开来，她红着脸问周洲："这是什么饮料啊？真好喝。"接着她又举起杯子一饮而尽。

直到C-29脸上的红晕蔓延到脖子上，周洲才反应过来，他随手给C-29倒的竟是一杯冰镇的啤酒。

"要命！"

从未喝过酒的C-29一大杯喝完，人也醉醺醺的了，周洲还没反应过来她就倒在了沙发上，不管不顾地睡着了，嘴角还咧开着一个傻乎乎的微笑。

周洲摇摇头，看来是从C-29这里问不出什么了，正打算呼叫研究员过来把C-29抬回去，突然想起父亲白天里的怒火。他放下了手臂——万一C-29生下的孩子也没有达到他们预期的要求，该怎么办？他们会怎么处置这完美种子？

这一疑问一旦出现，就再也挥之不去。

他不想整个C星人承担这个责任。虽然老一辈们常说当时被C星人奴役的苦难难以忘却，可是他并没有经历过那些啊。他见到的只是地球人如何利用并奴役C星人的场景。

周洲曾无数次听周教授说起他第一次进实验室的情景。那是第一次执行第一代C星人繁殖计划。那时候的周教授还没有获得外星生物研究学博士的称号，只是一名成绩优异的学生，在校期间发表过几篇很有影响力的论文，也因为获得导师的青睐，从而破格获取那次机会，得以跟随导师执行那次手术。

那次手术无论成功与否，都是人类史上最伟大的一次胜利。

事实上，那次的实验却是失败的。正如第一次C星人繁殖杂交地球人种一样，所生下的婴孩死伤大半，仅有部分婴儿安然无恙。基因的遗传有些时候是保留优点，有些时候保持平均值，但是人类与C星人的基因繁殖，却是非常罕见的，清一色没有保留任何优点。剩下那部分孩子如同原始时期的人类一样，过了学走路的年龄依然不能够直立行走。

于是人类在提取了这一批幼儿的基因分析的基础上，对C星成年女性又进行了一次繁殖试验。这一次，由于在试管胚胎期间改良了基因，这一批次的婴儿虽然也有个别伤亡，但是起码他们都学会了直立行走，尤其和三年前的第一批繁殖幼儿对比，各方面的表现区别很大。

第三次试验是在第二批繁殖人过了十八岁成年礼后进行的。

同样又从各个国家筛选出一批优异的大学生进行基因配对。经过十八年的研究实验，这一次用了超前科技，培育的胚胎从各项指标上开始接近人类现阶段的水平。

但是当一个月分娩期一过，经检测，居然有一名女婴几乎完全像人类，整个科研界都震惊了。他们不相信，区区三次繁殖，就能孕育出这么成功的作品来。但是经过一次又一次的全身检测，各项指标均与人类无异。这在那一批次中实属罕见。负责为此匹配基因的周教授也一举成名。他们给那名完美的女婴取名为代号C-29。C是指C星人，而29的意思是：人类一共28颗牙齿，第29颗是智齿。不是每个人都长智齿，有些智齿疼痛不已直到你拔掉，有些却可以安好成为牙床里整齐的一分子。

而周洲则以为可能是那天手术的时候周教授刚好掉了一颗牙齿，便后悔年轻时候拔了智齿的，导致他想出这么奇怪的寓意来。

这十八年来，C-29一直生活在第三批繁殖人中，每天进行着各种体能锻炼，慢慢出落成一名身姿曼妙的美人坯子，就连一些经过整形的女研究员也不禁暗自羡慕，只有她自己浑然不觉。

周洲暗暗做了一个决定，要将C-29秘密保护起来，直到确定她生下的孩子是他们要的，就公布；如果不是，他还没想到，但脑子里有了一个模糊的想法。

但他把自己的计划告诉C-29时，对方显然很开心，这可是她从小的梦想啊。

周洲看着C-29满脸的兴奋，他心里生出一股内疚感。虽然这奴役教育不是他负责的，但是他为人类的这种行为感到羞耻。百年前的日本侵华时，对中国不仅实行了"三光政策"，也在很多地区推行奴役教育，如果中国没有团结反抗，如果世界反法西斯没有团结起来，今天的C-29就会是当时的中国孩子们的下场吧……每每翻看历史书时，周洲就一身冷汗，如今日本再也没办法对人类做出伤害的行为了，但是历史，需要铭记于心。

当然对于为何这种试验由他单独来做的具体原因，他模糊带过。

"你不想以全新的面貌出现在你的族人面前吗？"周洲心里在唾弃自己。

"想啊想啊，做梦都想啊。"C-29举着饮料杯，学着干杯的样子，向着周洲举起。周洲移开视线，和她碰了碰杯。

她越是激动、高兴，他心里就越觉得羞耻、恶心，恶心人类的残忍。

给C-29做试验很简单，难的是如何找到一个合适的男性提供精子。找谁才能够保密呢？这个问题让他有些头大。

"周先生可以用你的基因和我结合啊。你这么聪明，你的基因肯定非常优秀。"C-29一脸微笑着提议，却让周洲不禁脸红起来。她不懂世事，可是周洲却是一个成熟的人类男性。

然而事实上，这似乎是最好的办法了。

周洲在提取自己的精子之前，去找了女朋友林小路吃饭。他有些背叛了爱情的羞耻感，他需要林小路的认可，来消除他的内疚。那天是林小路的生日，他在饭桌上谈到自己接下来要做的试验将要用到自己的基因。如果以后有出现疑似他的孩子，让她不要怀疑自己的真心。

林小路笑得一脸纯真，在觥筹交错中，林小路的脸和C-29的脸有些重合。周洲赶紧掐掉脑海中那丝微弱的念头。

胚胎的孕育很成功，在试管中没有出现以往出现的任何排斥现象，完美得让周洲有些担忧。直到C-29安然无恙地从手术台上下来。他看着C-29抚着肚子一脸满足的笑容，有些不忍。

这么多年来，对C星人的教育，竟然从精神上摧毁了他们的意志，也让自己这一代人觉得是理所当然。这样做是不是错了？上一代人的战争，要不要延续到他们来承担？

这些天，周洲一直在思考这个问题，可是他又不能做些什么,他不能背叛人类。他控制自己不去想这些。现在的希望也只有尚在肚子里的孩子了。

外面的人都在到处寻找C-29,他必须不动声色地隐瞒她的行踪。

一个月,整整一个月,他必须要照顾好她。

这一个月外面发生了天大的事情。整个地球到处都在搜索C-29,她的画像每天出现在各种视频媒介里,有关捉拿她的消息每个小时都会重复。与此同时,第三代C星杂交女性正在积极恢复身体,打算进行第五次繁殖计划。

而"罪魁祸首"的C-29则无忧无虑地每天吃吃喝喝,要不就是趴在沙发上捂着肚子发呆。周洲不允许她通过脑电波与屋子里的设备相连,他怕她的身份信息被共享后暴露了。

无聊的她在吃喝拉撒以后,每天都想着怎么说服周洲让她再喝一瓶啤酒。

一个月的时间总算熬下来了。周洲在自己家里给C-29进行了分娩手术。手术很成功,他悄悄在家里的实验室对着这个婴儿进行了全方位的检测,各项数据并没有达到他的预期;相反,这个孩子比以往的任何一个繁殖品更像一个人类婴儿。

周洲迷惑了,他不知道哪里出了问题。他看着熟睡的婴儿,在玻璃试管里含着大拇指,他不知道接下来要做什么。

一个念头在脑海里闪出来,愈来愈成型。

5

四十年前,一直坚持不懈寻找外星文明的地球人终于收到了外太空传来的回应。

那是一个发射位置不明确的信号,波长一开始无法预测,但是紧接着各国家的电台受损,呈现非常罕见的干扰状态,各种地球上的声音和辨明不了的声音同时出现在各国的电台上。就在人们不明就里的时候,声音消失了,几乎是同时各种视频设备开始受到干扰,屏幕上出现了各种图像,有上古时候的各部落图腾,也有历史上保存过一段岁月最终只能呈现在历史书里的壁画。一根壁画曲线在跳跃,最后呈现一行汉字:

"你好,地球人。"

地球上文字那么多,短短的一会儿工夫就能以中文回应,很明显对方的文明在地球之上。那时候的人类过于兴奋,以为是外星文明的友好示意,于是纷纷以各国文字回应。

虽说宇宙黑暗森林的猜想也是主流猜想之一,但这个信号连续发来的信息实在太过善意,完美地掩藏了危险。

不过,对待外星问题,不管是持积极的想法也好,悲观的态度也好,当C星人发来第一句话时,就已经在向地球靠近了。

在这个世界上,始终有一些令人无奈的定律,比如说,墨菲定律。你害怕的最坏的结果是什么,它就向着你最坏的预期发展。

　　C星人很快造访地球，他们的长相像极了人类未进化成功时期的猿猴，这一外表引起了人类的好感，人们以为C星人的进化也停留在人类猿猴的水平上，于是带着C星人的使者到处参观，甚至临别时还赠予了许多人类的发明。然而令人想不到的是，人类史上第一次与外星人的偶遇，却是一场不可避免的灾难，C星人的文明异常先进，各方面都比人类高那么一步，尤其是科学和武器方面。

　　那是一场空前绝后的大战，所有国家的人们都空前配合，然而这是一场科技的决斗，人类一败涂地。整个地球成为一座监狱。

　　C星人像极了古时候的暴君，他们的意识简单，占领即攻破。在攻掠了一座城池后，所作所为也像极了人类史上的那些暴君，驱赶老弱病残，放逐男人做苦力，圈养女人与C星人结合，养育下一代，而养育的下一代一部分继续做苦力，一部分从小接受奴役教育，成为C星人的一部分。

　　所作所为与人类历史上的残暴侵略并无区别，与历史书相比，只多不少。

　　那是一段没有人愿意回忆的过往。

　　好在人类的数量是C星人的几倍，他们一面妥善地保护着一部分健康的女人，一面不停地研究着怎么突破这种奴役。终于在某一天发现了C星人基因里致命的缺陷，从而反败为胜，一举关押了所有的C星人。

　　许是出于报复，许是出于研究，曾经在地球人身上发生的种种，后来也在C星人身上一一试验。

整个C星人被关进特制的一座城市里，所有男性均为戴着生化镣铐的苦力，让他们从事着最底层的工作，每天由直升飞机载去捞海洋垃圾，或是被送往大气层去清理大气层垃圾，老弱病残被送回C星球，由南美洲联邦的士兵看管着，而女人们则统一送进了研究室。每年的秋分时节，挑选各国健康男性，征集其精液，进行试管培育，送进她们的子宫，养育新一代杂交人种。

尽管各国领导人都公开解释，这是为了让地球文明向外太空更进一步，但依然有很多民主人士反对，他们认为这是以暴制暴。

这的确是以暴制暴。人类，或者多数生物都是会这样吧，一旦曾经被制服过，等有朝一日胜过对方，总会萌发或直接以别人曾经伤害自己的方式去伤害对方。这是多少年的进化依旧剔除不掉的劣性。

然而不可否认的是，在对抗C星人这件事上，人类又一次凭借自己的大脑，获得了前所未有的胜利。

而今的时代，距离C星人统治被推翻已经有几十年了，对于新生一代的他们来说，他们对过去一无所知，他们从小接受的生活理念，生存的环境一直就是这样，导致他们从来没觉得哪里有不一样。

所以，每个C星女性，从初潮开始就梦想着一到十八岁踏进那栋实验楼，在里面待上一个月，成功孕育出一名孩童来。这个理念似乎成为每个人被根植于基因里的使命，正如每个C星男性一样,每天早出晚归地打捞海面上或者大气层里的垃圾,在他们的意识里,他们生来就是保卫地球的第一战线勇士,他们的使命是神圣的,那是联合政府对他们的恩赐。

6

周洲异常忙碌起来,他调出所有参与了第三代繁殖计划的人员,逐一分析排查,甚至连一个清洁员工都没有放过。最后他发现一个小细节,当年负责C-29床铺的护士的身材异常臃肿。一个大胆的猜想与之前的念头不谋而合。

他调出那个护士的资料,仔细核对,发现她竟然近在眼前,他怎么也没想到会是这样。

脑中的猜疑渐渐有了一个清晰的轮廓,他反而松了一口气。

他想去看一看女朋友林小路,念头一起,他就起身去超市买了一些礼品,分别带给小路和她的妈妈。

小路的妈妈一直不喜欢他,交往一年了,从来没给过他一次好脸色,甚至在得知他们交往时大力阻拦过,要不是小路寻死觅活闹了几次大动静,这会儿,他怕是没资格坐在这里和她们聊天。

闲聊片刻后,林小路的妈妈正要起身去做饭,周洲突然拉着林小路走到一旁,献殷勤:"小路,要不今天你给我做饭?我和阿姨关系一直不好,我想多陪她聊聊天,博点儿好感,以后娶你要容易些。"

林小路见着男朋友宠溺得要化掉的眼神不忍拒绝,丢下一句"那你陪妈妈聊会儿天",就进了厨房。

现如今的人们虽然可以用机器自动做饭炒菜,但是有些时候,大家还是喜欢自己手动,很复古,很有感觉。

"林阿姨,怎么从来没听您说起在科研所工作过?"

周洲开门见山。

"我一个靠政府救济的废人,怎么会在科研所工作过?又不像你们这样有背景。"林阿姨摇着头,本能地挖苦着周洲。

"阿姨,真正的C-29是谁?"

他没有多少时间绕来绕去。

林阿姨呆住了,却见周洲压低声音说:"阿姨我没多少时间,您告诉我真相,我尽最大可能去补救。"

"什么意思?"

"您一定在电视里看过C-29失踪的消息……"周洲把C-29生下来的孩子的数据和自己调查到的结果告诉了她。

林阿姨沉默了好一会儿,才开口。

正如周洲所料想的,所谓的完美人类繁殖结果的C-29原本就是一名正常的地球人,而真正的C-29是他的女朋友林小路。

十八年前参与给C-29基因匹配的地球男性正是林阿姨的未婚夫。在成功匹配精子的第二天,他们在逛商场时被几名恐怖分子挟持,最后未婚夫为了救她,替她挡下了所有的子弹,当场死亡。

而那一天,他们逛商场是为了替她选一枚她喜欢的婚戒。

林阿姨触摸着左手无名指上的戒指，继续说道："他留在这个世界上的只剩下这枚戒指和那个胚胎。那是他的孩子，就是我的孩子，我不能让她活在你们这些人的研究试管里！"

　　她未婚夫的妹妹是一名数字整形医生，她央求她把自己的样貌换成里面某一个护士的模样，绑架了那名护士，混进了科研所。

　　"似乎是上天怜悯，那天科研所外面刚好发生了一起恐怖袭击事件。我想，那一定是亡夫的在天之灵在帮我，他也想要这个孩子。"林阿姨看着厨房紧闭的门，两行眼泪猛然滑落。

　　那天的恐怖袭击导致了监控暂时关闭，就在那几分钟的慌乱里，她趁着没人注意，移花接木换走了那个真正的C星繁殖婴儿。

　　一场举世瞩目的科研结果竟是一场经不起推敲的闹剧。

　　那天的午饭，林阿姨和周洲都很沉默。只有林小路欢快地跟他们说着笑话，边给他们不停地夹着菜。

7

　　那天从小路家回来，周洲一路沉默。开着车在家附近转悠了几个来回，都没想好接下来要怎么做。

　　"你是个好孩子我知道，可是我怕小路和你接触久了，会被你发现她的真实身份……"

　　一个中老年女人隐忍的哭腔在他脑中不停重复着："我希

望你可以保守这个秘密。"

要怎么做才不会伤害小路呢？

他拖着沉重的步子往家走去。刚关上门，还没换下拖鞋，就听见两个女声同时响起来："你回来了？"

真是怕什么就来什么。

周洲看着小路和C-29同时坐在沙发上，他觉得头大，也不知道小路来了有多久，两个人居然手拉着手，看来聊得还不错。

女人间的友谊，真的应该划入世界奇迹里。

三个人坐在沙发的三面。

倒是林小路先开口："她就是那个被调包的地球人？"

周洲一惊，他以为林小路是来"捉奸"的，没想到她是偷听了他和林阿姨的谈话。

"妈妈向来反对你们这些搞研究的人，你们几乎不说话，你也从来不主动来我家，那天的情况很反常，不是吗？"

"小路，你——"周洲站起来，却发现全身无力。另一边的C-29显然也发现了异常。

"没事的，我只是给你们下了点迷药，过一会儿就好了。"林小路蹲在周洲身边，戴上一副手套，掏出一张胶纸覆膜，轻轻地印上周洲的指纹，然后在他的额头亲吻了一下就朝外走去。走到门边，她又折回来，蹲下身，仔细地盯着周洲看着，眼也不眨，最后落下一个吻在他的嘴唇上。

"亲爱的，不论我是谁，我都依然爱你。"

这一次她没再回头，走出去，便没有再回来。

而周洲没有一点儿办法，他只能等着药力失效。他不知道林小路想要去做什么,是放走所有的C星人,还是告诉他们人类的丑陋的秘密?但是最大的可能是她也被关起来,好的结局是将她隔绝关押,坏的结局则是秘密销毁她这个人。

等周洲和C-29赶到时,林小路甚至还没接触到C星人,她扒在透明的玻璃窗外,看着里面一群人或是哺乳幼儿,或是散步,或是清理着路面的垃圾,一切看起来似乎和寻常人类没什么区别,可是她知道区别在哪里,在脑子里造成的伤害让他们所有人麻木了,他们不觉得被关押是囚禁,反而觉得是理所当然的生活,是对这个社会的贡献。

那么多C星人,长相与人类没太大的区别,过着的生活却迥然不同。

几个工作员工走了过来,他们很奇怪,林小路怎么来到了这里,虽然她是周洲的女朋友,但是她刚刚只是说去周洲的办公室啊。

"林小姐,您还是赶紧离开这里。"

林小路擦了擦眼睛,她转过身,看见正从拐弯处跑来的周洲和C-29,大声说:"告诉你们头儿,我才是真正的C-29。"

一席话让全场所有人震惊了,包括屏幕那头的周教授。

周洲也听到了这句话,他把C-29护在身后朝林小路走去。

"抓住C-29!"周教授的声音响起。

瞬间从四周蹿出一堆人,朝C-29围去。

周洲拉着C-29,慢慢向林小路的方向移动,同时迅速在脑子里回忆整个科研所的路线图,想着能不能安全地将两个人一起带走。

"释放无力剂!"周教授的声音再度响起。

周洲心道完了。下一个瞬间瘫倒在地,包括C-29,还有整个大厅里的人。

只有林小路安然无恙。

四周再次响起周教授的声音:"你果然不是人类。"

林小路朝周洲走去,对着熟睡的他说:"周洲,对不起,我没恶意,只是我知道了自己的身世,难免俗套地想知道自己的族人生活在什么样的环境里。我想着如果运气好,说不定我可以见到自己的亲生母亲。"

8

被制服住的三人被带到实验室。科学的严谨,不在于只相信眼见的,而在于只相信数据。

林小路朝检测仪走去,她慢慢地走过去,在一堆科研员警惕地举着生化墙的围绕中迈进了玻璃试管里,故作轻松地问周洲:"哪个按钮是启动键?"

周洲盯着她,又看看身侧被困缚着的C-29,他低下头不说话,另一位研究员走到启动器边,按下了某个键。

几段红光不停地在林小路的身上扫来扫去,一堆数据立刻展现在人们眼前,各项指标均与第三代C星繁殖人一致。

这一结果令人震惊。

第三代繁殖C星人,并没有完美个例,C-29就是一个错误的玩笑。

C星人居然在大家的眼皮底下,在人类的世界里生活了十八年,并且已经完全融入了人类生活。

在这之前,没有人敢想象,一个C星人居然在人群中生活了十八年,而这个C星人林小路她知道整个人类对C星人做的事情,把她放回到C星人中,已是不可能。

人群中叽叽喳喳地讨论着。

"我从小在你们当中长大,知道所有的来龙去脉,我也见过我的族人,他们生活得很愚昧——"林小路抬手擦了擦眼泪,继续说,"但是也感谢你们没有让他们再受杀戮。除了我,其他的族人对过往的历史一概不知,我希望,不管你们怎么处决我,但是请保证他们的生命安全。"顿了顿,她避开周洲的眼神,"我接受任何处置。"

周教授挥一挥手,林小路被几名科研员带走了。

谁都没有料到竟是这样的结局。四周死一般的静谧。多少年来的试验竟是一个笑话。

9

周洲和IC-29被限制了人身自由。

然而这件事很快就被公布于众。

原来周洲在赶往科研所之前，联系了林阿姨，利用远程视频，将那天发生的一切传给了林阿姨，林阿姨将这一切毫无保留地上传至网络。

如今的人们对C星人当年的暴行已经不那么痛恨了。或许民意能让她捡回一条命。

对于如何处置林小路，社会人士竟是几十年难得一见地集体游行示威，他们表示林小路无罪，不可以被执行销毁。

各地民主人士的施压导致政府对科研所的行为十分不满，再三召开多次会议，都不欢而散。

最后各国在大众舆论的压力下，采访了林小路，问她对此有什么看法。

她眨着清澈的眼睛，看着镜头，说："如果可以，希望人类可以抹去我和我的族人这一段记忆，将我们放逐到我们原本的星球上。我们想回家。"

这一段采访被有心人公布到了网络上，民众的呼声越来越高。

这么多年的奴役，对于C星人来说，他们的罪孽已经抵消了。何况，那是上一辈C星人的暴行，与他们无关。

这一次在各国首脑召开的大会上，大家都沉默了。最后不知是谁率先说："我赞同放他们回去。"人们开始稀稀拉拉地投赞同票，最后前所未有地全票通过这一决议。

周教授一直在犹豫着要不要同时在C星人的脑子里植入一款指令，让他们世代坚信与地球人是和睦友好的邻友，世代不可互相侵犯。

但是周洲拦住了他。

"爸，宇宙的法则本就是弱肉强食，人为的指令在长久的历史里起不到决定性的作用。再说了，你得对人类多一些信心。"

10

终于，人类对C星人实行了大规模的第五次计划——送他们回C星球。

他们派出了飞船，去召回那些在太空打捞宇宙垃圾的C星人，还有常年沉在海底打捞深海垃圾的C星人，还有遍布在各地的C星人……那时，人们才知道，原来这些年来，C星人一直在保护着地球的角落，一直在默默无闻地守护着伤害他们的人类。

这一发现更是令人们羞愧不安。

但是令人们没想到的是，派出的飞船竟只带回一半人，而另一半说，他们的任期还没到，他们得把自己负责的区域垃圾清理干净，毕竟地球上的其他三种人体质没他们那么适应那里的恶劣环境。

那一天看着电视屏幕的整个人类都沉默了。

送别C星人的那天，全人类都停工了，大家都端坐在电视机前，看着那硕大的飞船从地面旋起，向空中飞去，最后，消失在无边的浩瀚里。

C-29也在人群中,她抱着怀里的婴儿,盯着只留下一道云痕的天空看着,良久,她才问身旁的周洲:"她还会回来吗?"

"我不希望她回来。"那样,她才是安全的、自由的。

如果真有一天,C星人再度拜访地球,谁知道是敌是友。

但愿那时候我们双方的科技已经达到同等水平,能够彼此限制对方的扼杀和奴役,消除彼此对对方的恐惧和敬畏,或许这样才能促使我们在这个宇宙里友好和平共处吧。

困在时间夹缝里的婚礼

在教堂,我经历了一场复制的婚礼。
一切场景,与前一天一模一样。
从那天以后,每一天醒来,我都活在5月20号。

1

5月20号，万年历上写着：诸事皆宜，宜出行、嫁娶。

又因谐音"我爱你"，这一天领证或举行婚礼的人特别多，我也不免俗套地跟风了。

我的婚礼是在一家小教堂里举行的。

教堂布置得素雅但不失奢华，窗户上挂着的流苏被外面吹进来的微风惹得不停微摆，阳光洒过，在所有的物体表层都镀了一层朦胧的柔光金。

如果哪款手机采用这个颜色的机壳，一定能收获一堆伪文艺的女青年吧。我看着靠窗座位上的某个女来宾正比着剪刀手自拍，脑子不禁开了个小差，我盯着她看着。她不停地一点点移动着脸颊，似乎在寻找一个完美侧颜。突然她的表情定住了，大约两秒钟的时间里，她的眼睛睁得比刚刚还要大，整个人摆出一副正在高档餐厅里矜持享受的状态，这瞬间我似乎听见轻微的咔嚓声。

不知道从哪里请来的异国面孔神父，正用着别扭的中文问道："郭先生，你愿意娶你身边的女人吗？"

他说这句话的时候，我正用余光打量着窗外两只为了一块面包屑打架的鸽子。我不紧不慢地收回目光，看着正笑靥如花的新娘。

"YES,I DO."

我回答得无比熟练，嘴角扯开刚刚够像微笑的弧度。尽管此刻我很想给这个满脸褶子的假冒神父一拳，告诉他从哪儿来滚哪儿去，也想给面前这个我曾爱过的女人一巴掌，喊一句"你个傻缺醒醒吧，难道你看不出这一切都有问题吗？"；或者一脚踢翻放着香槟塔的台子，抢过一边的话筒，吼着："去你大爷的，老子不和你们玩了，各回各家，各找各妈吧！"

但是我只是平静地接过伴娘递过来的戒指，像是演一场戏，在名导演的慢镜头下，顺从地一点点地往前推着戒指，直到落在她那戴着白色蕾丝手套的无名指根部。

我的耐心也一点点耗光，这个屋子里再也没有什么能吸引我注意的地方了。

生活就是这样无趣，时间是最大的敌人，能磨灭我们对一切的热爱。再盛大的婚礼，即使踩在再昂贵的红地毯上，也都会一路牵手到葬礼。

只是早晚的问题。

我们都知道，但现在，此刻，只有我知道。

时间于不同的生命而言，流逝的节奏是不一样的。

这个理论早被种种科学家做过的实验证实了。且不说当某人沿着地球自转方向运动比停滞不前的人时间要早，也不说同一位置上高处的时间要比低处走得快，就单单对于每个生命体来说，他们过的时间也不一样。比如说，一只小昆虫寿命区区几天，人类几十年，树木几百年，星体几亿年……

就说一天的二十四小时，有时候显得很漫长，就像溺水的人鼻子被水呛住的每一秒都无限漫长一样；有时候又很短，一觉睡醒，就是另外一天了。

对我来说，我的二十四小时和大多数人一样，都只是1440分钟，但作为一天的单位，这二十四小时，却太长了。

我第一次发现时间的秘密是在一年前。

那是一年前的5月20号，是我和田林林举行婚礼的日子。

因为太兴奋，我只记住了满脸褶子的异国神父生硬的那句："郭先生，你愿意娶你身边的女人为妻吗？"

那时候我是怎么回答的？我不记得了，但是那一刻我的耳朵仿佛失聪了，我听不到自己的声音，但是奇怪的是，我却听到一只白鸽在一个不知名的广场上扑棱扑棱地扇着翅膀的声音，还有从它那白色毛茸茸的喉咙里发出的轻微咕咕声。那时候，我一门心思往田林林那只套着蕾丝手套的无名指上戴钻戒，还以为这是天使扇动翅膀的祝福。

但事后我再回过头想想，那更像是一个老人想吐痰又吐不出来的无奈。

任何一个男人，但凡娶了一个自己爱的女人，都会很兴奋。我也一样。田林林是我的女神，从身体到心灵都是。直到那晚关了灯，彼此的身躯纠缠在一起的时候我还有些恍惚。她就这么嫁给我了？

夜深人静后，我在柔软的温柔乡里满足地睡去，直到第二天天明。

那是这一年来我最后一次肆意妄为地睡到自然醒。

5月的阳光足够耀眼，从没有拉严的厚窗帘处投射进来，落在眼睛里的是刺眼的晕眩。

我听到外面的草地上传来小孩子们的嬉闹声。远远地，那笑声从地面升腾上来。我不禁一笑，按照昨晚的运动量，或许不久后我们也就有个小宝宝了吧。

我一只手搁在额头上挡阳光，另一只手往身侧摸索着，想把身边的女人搂进我的怀里，却一路摸空。我转过头，身侧空荡荡的，被单也比我这侧要整齐得多，没有凌乱的压痕。

我揉着眼睛喊她的名字，客厅传来一阵瓶瓶罐罐的碰撞声。

新媳妇的第一天就开始做一个贤惠的夫人了？

我忍不住嘴角一弯，藏着笑，轻手轻脚下床，光着身子，朝客厅走去，想偷偷去吓一吓此刻在忙碌的"田螺小姐"。

客厅里没人。

厨房里冷清清的，没有使用过的痕迹。小喵蹲在台面上，低头咬着某个食品袋，估计是饿了。

我一边呼唤着"媳妇儿"一边绕着屋子寻了一遍，没见田林林。看来刚刚的声响是小喵发出的，而她则外出买早饭了。

我忍不住叹了口气，女神果然都不是活在厨房里的生物。

一个人的屋子安静得有些不像话，楼下的嬉闹嘈杂声也不见了。沉寂就像海啸般无声涌过来。心里莫名炸开一股情绪，突然心烦起来。或许是睡久了胸闷吧，我左手扶在餐桌上，右手握拳，轻轻地叩在眉心上，以此舒缓眉宇间的酸胀。

手机就是这个时候响起来的。

"郭时，你现在到哪里了？"

是田林林的声音。手机那头的声音很嘈杂，隐隐约约一群孩子和音乐的声音，我在猜她在什么位置。

"我在家。"

"你怎么还在家啊？今天超级堵车，你要是错过了我妈妈算好的吉时，她会生气的。"田林林的声音依然是那么好听，轻软软的，我一直觉得她不去做主播真是暴殄天物。

"我马上去教堂。"我也随口逗她。

"那你抓紧啊，我去补个妆。"她丢下这句就挂了电话。

我和田林林恋爱期间经常会开一些诸如"这位先生你好，我是从一千年前穿越过来寻你的""好啊，那我们私奔吧"之类的玩笑。嗯，今天装得挺像那么回事，我看着手机屏幕，正要回拨电话，却看到了锁屏上的问题。

我朝墙上看去，那里是一个带日历的挂钟。上面显示的时间和手机上的一样：2019.5.20，9：58。

怎么日期是昨天的？

钟表坏了？

我环顾四周，屋子里的摆设太整齐了，完全没有闹洞房后的乱糟糟。小喵从厨房钻出来，大声"喵呜"了一声，似乎在抗议它饿了。

小喵？怎么会在家里？刚刚没注意到，这会儿一想，才发现不对劲。我明明记得一群人闹洞房后，它被爱猫如命的伴娘霸道地抢走了啊。

我捡起手机，找到了伴娘的电话，连打了好几个她才接。

"田园，小喵在你家吗？"我又看了一眼小喵，它正用爪子洗着脸。

田园是田林林的堂妹,也是我们婚礼的伴娘。相较田林林的温婉,她是个大大咧咧又十分任性的女生。

"小喵是什么,是一只猫吗?"她在那头无辜地问道。

"嗯?"我皱眉,明明昨天婚礼上她见到过小喵的,还那么喜欢。

这时手机振动了一下。我移到眼前,那是死党发来的祝福短信,他祝我新婚快乐,说他已经赶到教堂了。

接着我翻了一遍各种社交软件,都是一些祝福短信和红包,说我日子挑得好。

如果说是婚前的惊喜或者恶作剧我还能相信,但是婚后第一天还玩这种把戏有些不太可能,而且……而且没有人能把这么多人都串通起来。

"啪!"手机从手里滑落,屏幕摔出一道道裂痕,顶端的时间位置扭曲难辨。

我拖着缓慢的步子检查了整个屋子,没有留下昨天的一丝痕迹。

我不知道发生了什么,除了赶去教堂,别无他法,或许那里有谜底。在教堂,我经历了一场复制的婚礼,一切场景,与前一天一模一样。

从那天以后,每一天醒来,我都活在5月20号。

一开始我觉得很恐慌,我不知道哪里出了问题。

这是世界末日的征兆吗?还是时空出现了裂缝,我被困在其中；还是外星人挟持了我做这样一个无聊的实验？我试图找身边的每一个人诉说，可他们要不觉得我在说笑话，要不就是说我患了婚姻恐惧症之类的文艺病。

说多了，大家就开始不理我，觉得我"饱汉不知饿汉饥"，能娶到田林林这样的女神多好，还能天天举办一次婚礼，简直是人间天堂。

一开始我也被说服了，也释怀了。的确也是，这重复着的是人生中最幸福的一天，怎么算，也不是一件坏事。再说了，其他人都不知道，只有我知道这件事，这种独享秘密的快感让我兴奋不已。

可是日子一天天地在重复，终会乏的。再美好的佳肴，吃了一百遍，味蕾终究只会麻木的。

每一天里，我闭着眼睛都知道每个人接下来要干吗。这种高处不胜寒的寂寥，快让我崩溃了。每一天醒来都是同样的环境，每一天都要见同一拨人，像电视剧重播一样看他们重复着同样的言行。

我试着磨蹭故意不去教堂，结果他们却开着车来把我接走了。所有的步骤依旧，只不过是晚一会儿罢了。

我试着躲起来不让大家找到我，我买了去外地的车票，在漫长的火车上关了手机沿途看陌生的风景，从日出到日落，却会在目的地看到穿着婚纱对我微笑的田林林，她还以为这是别样的惊喜。

我试着去泡夜店，和各种各样的年轻女孩打情骂俏，还故意出现在田林林面前，气得她当场撕毁婚纱甩我一耳光离去。

但不管我做什么事情，第二天醒来，依旧会有一堆人在教堂里等着我去结婚，无论我是顺从还是逃避，都逃不过再次睁开眼后的宿命。

我就像是一个道行低微的小鬼，每天天一亮，无论夜间美丽或是疲惫的面孔顷刻灰飞烟灭。

有的时候，我真的希望自己可以消失，尽管我很爱我的妻子，但是这循环往复的婚礼让我对她的爱变质了，我已经厌倦这个世界了。

我做了一个决定，我想这个决定一定会停止这荒唐的生活。

我已经做好了死的准备。

这一次的婚礼，我没有任何捣乱的行为。

等神父宣布完，我们一行人稍作停留，就全赶去早订好的酒店。就再吃一次这吃了几百回的东西吧。再耐心等等，给他们所有人一个美好的婚礼后，我就可以按照我的计划来了。

可是，就算我极力掩饰着不让敷衍的情绪流露出来，我的胃却无比实诚，在田林林挽着我敬酒到某一张桌时，我被拉着坐下来夹了一口菜，胃里立刻翻江倒海。我狂奔到卫生间，难以抑制地呕吐起来，终于把那块始作俑者的香菇吐了出来，还有一摊经过一夜消化后的残渍。

这怕是我迄今为止最为狼狈的一次了。

我竟然不小心吐到了西装外套上，我站在镜子面前拿手背擦着嘴，看着胸口那一摊污秽物，一阵恶心又要涌上来。

我连忙伸手去抽滚筒纸，可是越擦越乱，原本只有呕吐物，几番忙乱之后，衣服表层的污渍里粘着碎毛毛的纸屑，这时我感觉我拉扯卫生纸下摆的手抓到了一个柔软的物体——那是一只白嫩的女人的手。

随即田园咋呼的声音冒了出来："姐夫，你怎么了？"

我的脸瞬间红到了耳后根。

她不急不慌地从随身携带的化妆包里拿出一袋湿巾，对我说："你站着别动，这个得赶紧处理好，好多人都在等着敬酒呢。"

说着，她摊开一张湿巾，贴着我的西装从上往下，一下一下地擦着。

5月的天温度适宜，可是我却开始冒汗了。我移开视线，看着她的化妆包立在洗手池的边缘，正一点点地吸收着台面上的水迹，浅浅的水面一点点地往包的方向滑动着，似乎那里有着莫大的引力或者引诱。

喉咙一阵发干，觉得自己胸前那块皮肤正在享受着最温柔的按摩，在膨胀着，那摩擦着的仿佛不是一块湿巾，而是女人温热的掌心。

我心里闪过一个罪恶的念头，随即摇着脑袋，想什么呢。

胸前的温柔力道突然消失："好啦，姐夫，拿吹风机吹一会儿就没人知道啦。"

我点点头，朝休息室走去，转角的时候回了头，看到她掏出一支小小的口红，浅浅地涂一圈，抿嘴，很满意地对着镜子笑了。

懒得计较时间是怎么流逝的，大家闹完洞房都陆续离去了。

我看着卫生间磨砂玻璃门上若有若无的曼妙身形，脑子里毫无想法，再美丽的女人睡过一百回后，也会索然无味。

我将手中刚点燃的烟掐灭在烟灰缸里,拿起桌子上的车钥匙,朝外走去。

城市的霓虹灯其实是最冷漠的风景了。它们虽然发出暖色灯光,但是丝毫不能给任何人一丁点温暖。它只是为了招揽店铺生意的摆设,不管造型如何,颜色如何,都只是赤裸裸地从每一个进去的人身上掏出些什么。有些人流连忘返,挥金如土;而有些人则背弃了生活,遗忘了灵魂。

随意开着,直到开进一条没有人的小道上,我看着百米开外的残墙,踩油门的脚用力往下,紧紧关闭的车窗阻隔了一切外在的声音,耳朵里只有油门的轰轰声。

玻璃碎碴儿像冰雹一样从窗户上落下,意识将要失去的一刹那,我似乎看到了一脸惊恐的田园。

我一定是要死了,都产生幻觉了,只是我怎么会在将死之际想到田园呢?我摇摇头,将死之人的幻觉又有什么逻辑。

次日,阳光一如既往地倾泻进整个屋子,从没有拉好的窗帘缝隙里。

头痛欲裂,却只是宿醉后的后遗症。

我没死?

我仔细地回想昨天发生的事情,明明昏迷之前我看到自己满身是血,就算内脏没有被撞碎,只要静静地昏迷一段时间,也会因为失血过多死亡的。

所以,不管我死不死,第二天依然会回到原点?

我狠狠地抓着脑袋。我这辈子就耗在我的婚礼上了?

但来不及多想,我再一次参加了婚礼。这一次,终于有了些变动。以往伴娘都是田园，但今天却换成了田林林的一个同事。

这一年来，无论我做什么，都不会改变第二天的生活，而今天却被改变了。

一念闪过，我突然想起田园那张惊恐的脸。昨晚昏迷之前，看到她的那一幕究竟是不是幻觉？

那天我时刻关注着田园的一点一滴，可是那天的她就如同任何一个来宾一样，吃饭、喝酒和身边的人聊天，没有任何不同的举动。

等人群散去，我偷偷跟在田园身后，发现她在我家楼下呆立了很久。

眼看她要离去，我赶紧现身，装作刚刚从外面回来，走到她身边，喊她："田园，怎么这么晚还没回家？"

"姐夫？"她显得很惊讶。

"你眼睛怎么了？"

她眼睛有明显的红肿，像是一宿没睡，也像是刚刚哭过一场。

"啊？"她表情一滞，"我……我这是为堂姐开心，你知道，女人比较容易被婚礼这样的场景感动哭。"

我笑笑，随着她的步伐移动着："要不我送你回去吧？"

她连忙摆手，像是吓了一跳："不啦不啦，今天是你和堂姐大婚，她肯定在等着你。我打车回去就行。"

"那我送你去路口打车。"

我们都没作声，一前一后地朝路边走去。

送她到路边，我随口问道："田园，你觉得人会不会活在同一天里?"

"什么?"她拉开车门的手没有停顿,转过脸迷茫地看着我。

我朝她摇摇手,替她关上车门。

第二天,她没有出现在婚礼上。

我花了好长一段时间去研究,发现每一次一旦我接近她,第二天的婚礼上就会出现异状,随着我接近她的程度越深,她离这一切的瓜葛表面上看起来就会越远。而只要我不去招惹她,第二天她又会出现在婚礼上,当一个千篇一律的伴娘。

我也不知道我这是寂寞没事找事,还是因为她是唯一的变故,我才把她当成了闯关游戏。但千篇一律的日子我过怕了,我知道我也死不了,我只有靠她改变这一切。只要和她在一起,这一切都会改变,那么即使我还活在这一天里,起码不是单纯地重复了。所以,别管接近她的目的是什么,只要有改变,爱不爱的,没那么重要。

又是一天到来。

我敲开田园的屋子门,问她:"你愿意和我私奔吗?"

"我爱你。"我牵起了她的手。

恍惚间,天阴了,又亮了。

我的心亮了,又阴了。

难怪我要经受这一天天的轮回,我看着田园脸上漫起的痛苦神情,内心里翻江倒海,像是咽下了久饿后的苦胆汁,苦得让人睁不开眼。

2

5月20号,是个好日子,数字上谐音"我爱你",万年历上也说"诸事皆宜,宜出行、嫁娶"。

今天是堂姐结婚的日子,作为伴娘的我早早就起床了。梳洗完毕,拎起包,正要往教堂赶去,却发现新郎此刻就站在我家门外。

我问道:"你是有什么惊喜要我帮忙布置吗?"

逆着光,他看我的眼睛依旧明亮闪闪,我心里有隐隐的担心。

"你愿意和我私奔吗?"

他很直接,什么开场白都省了。

我没吭声。很多时候,不反抗等于默许。

我内心很挣扎。是的,我一直喜欢他。

就在他拉起我左手的瞬间,我的头有些晕眩,或许这是幸福的感觉吧,我没想到他会喜欢我,他会发现我。

"我爱你。"他试探地冒出这一句。

只是,刹那间,一层薄雾背后,似乎有什么东西要喷涌而出。

也许,有些欢喜,从来就不是幸福。

像是一场梦。我和郭时松开了彼此的手,面对面站着,看着对方那张熟悉的脸,视线模糊。

5月20号,并不是郭时和堂姐的婚礼,而是我们定下的婚礼的日子。

我叫田园，是一个很成功的物理学家，我在专业里所取得的成就足以让我后半辈子衣食无忧。

但我的爱情，却能让我的后半辈子一直泡在泪水里。

我在婚礼前一天，发现我被挚爱和至亲同时背叛，就在满心期待婚礼的这一天，他们却在规划着让我出局的未来。

所以我定制了这个小时空，所有的人都在重复着同一天。

他们所有人的日常都是按部就班的，就像NPC一样，这场游戏里的唯一玩家就是郭时，只有他才知道这是一场囚困。而我，除了日常NPC的身份以外，同时也是这个"游戏"的后台程序员。玩家郭时只要接近我，就会一次次冲击着制定的束缚，就会一点点改变我好不容易搭建起来的时空壁垒。

我不知道郭时在这一天天重复的光阴里会不会很痛苦，但是我知道，在我得知真相的这一刻，痛不欲生。

原来，那个真正在同一天光阴里被苦苦折磨的人，不是郭时，而是我。

我是一个成功的物理学家，掌握着时间的Bug，却又是一个无比失败的女人，我用自己的天赋，将自己放逐，在这个忘记了真相的时空里，一遍一遍凌迟着自己的傻女人。

"我爱你。"

时隔一年，那个陌生又熟悉的男人，终于再一次说出这句话了。

可是，我们再也回不去了。

第三辑
爱情是一场病

许是情浅浅

有些人不小心把喜欢的瓷器磕了一个小口，
宁愿扔掉重买一只，也不愿意粘上那碎片，
因为怎么补救都会有痕迹的，
它会时时刻刻提醒你，它带有伤痕。

1

在推开门的那一瞬间，曲浅浅感觉到了异样。

她抱着盒子，用脚踢开门，门没有顺畅地滑到墙壁边，反而受到了一股平时没有的阻力，像是有东西卡在转轴的隙缝里。随即一阵如同指甲划过黑板的声音从耳膜震到脑壳里，她越过怀里的大盒子探头看去，大理石地板上留着一道尖锐的白粉末。

不用去到门后，她已知道那是一块瓷瓶的碎碴儿，那个用来装饰客厅的硕大花瓶，此刻正碎在地上，在阳光下龇牙咧嘴地反射着令人生厌的光芒。

屋子乱得像是进了贼。

干花散在一旁，花瓶碎片从门后铺到沙发上，沙发上摆着几条男式内裤，带着穿后未洗的隔夜褶皱，还有一只卷成一团的白色袜子，正盖在茶几上的烟灰缸里……

整个客厅唯一整洁的地方是电视柜，空荡荡地整齐。

曲浅浅把盒子放在地上，又抱起地上的盒子，走过去，慢腾腾地掏出电视机，熟练地摆放着插头。想起这台电视机初来时，她还是个能把电视搞卡住、电脑搞死机的电器白痴，每每如此，身侧总有个宠溺的嘲笑声。

电视机刚从修理店抱回来，薄薄一层蒙灰没来得及擦。曲浅浅用袖子细细地擦着灰，棉质的白衬衫染了浅浅一片毛茸茸的灰。袖子拂过，一片明亮，可是再怎么轻柔地擦拭，也擦不掉上面的划痕，逆光明晃晃地提醒着曲浅浅，这里不久前发生过什么。

曲浅浅打开电源开关，又捣鼓一番，屏幕上出现了她披着婚纱挽着一袭白色西装的他的模样。每个女生心里都有一个关于白马王子的梦想，曲浅浅也不例外。那套婚纱和西装是她挑选了好久才定下来的。

那个画面是特地用那套西装设置的电视屏保。

突然，她很想看看过往。翻箱倒柜了一番，找到贴着"新婚视频"的U盘。

曲浅浅按了播放键，一阵嘈杂声立即填满了乱糟糟又空旷的屋子。

视频是从他们携手走红毯开始的。他们的脸由远及近，在镜头里一点点放大。彼时他们的脸上，只有幸福的笑容，没有白眼，没有不屑的表情，没有互相咒骂时候的扭曲。

近日来，一想起过往，曲浅浅的视线总会一片模糊。也不知道哭泣了多久，直到整个屋子都安静下来。

她抬起头，按了后退键，她想再重温一遍她这一生中最幸福的时光。

画面一帧一帧在飞速倒退。

2

"现在有请新娘给新郎戴婚戒。"主持人的声音通过话筒响彻四周。众人开始笑着起哄。

曲浅浅则一副恍然如梦的样子盯着面前的许是。

许是伸出手看着她,见她没有反应,嘴角又漫开一丝宠笑,如果不是这么多人看着,他又要忍不住骂她小迷糊了。

主持人盯着发呆的曲浅浅,笑道:"大家快看,这就是经典的'爱之凝视'。可见我们新娘子有多爱新郎,怎么看都看不够。好啦,咱们先举行仪式,在这之后,你们可以尽情地独占对方。"

这个主持人很是敬业,又逗得全场大笑。

曲浅浅还是没反应过来,依旧好奇地看着许是。许是没忍住,伸手揉着她的头,隔着一层头纱。

"浅浅。"许是无奈地喊了声。是有多久没听到他这么温柔地念着自己的名字了?曲浅浅缓过神来,茫然地环顾四周。

众人继续起哄:"交换婚戒!交换婚戒!"

曲浅浅这才下意识地把手里握着的东西递出去。

众人看了又是一阵哄笑。

她朝新郎递过去的竟然是一个电视遥控器。

主持人也笑破了音:"我们新娘子实在太太太可爱了。这是还没结婚就暗示让新郎睡客厅的节奏吗?"

许是也扑哧一笑,从曲浅浅手里拿过遥控器,顺手将其放到伴娘的托盘上。

曲浅浅认真地再环顾一遍四周,红地毯,白婚纱,粉流苏,五颜六色的气球,熟悉的亲朋好友们。

这是梦吗?

梦里的那段岁月还真是美好啊,好到她宁愿沉睡其间不愿醒来。

交换戒指之后,主持人又起哄着让他们喝交杯酒。一个激动,曲浅浅不小心呛了一口,鼻子一阵痉挛发酸,酒精的味道从鼻孔中溢出。

这梦中的感觉也太真实了吧?

曲浅浅觉得哪里不对。她暗暗掐了自己一把,痛,实打实的痛感。

婚礼现场是现实,那么自己那一地鸡毛蒜皮才是梦境吗?

她捂着鼻子,差点幸福地哭出来。许是见状,拥她入怀。他的笑声在耳边轻响,气息撩人。有那么一瞬间,她觉得很委屈,想告诉许是,她做了一个很长很长的梦,梦到了他们以后的生活,所以交换戒指那会儿八成也是因为那个梦让自己恍惚。但转念一想,她什么也没说。那并不是一个好梦,说出来平添烦恼。

这场婚礼很是热闹,虽然疲惫在所难免,但是曲浅浅很满意了。

婚礼尾声,新郎新娘走下红地毯,挨着桌敬酒。敬到伴娘那桌时，伴娘小静钩着曲浅浅的脖子，朝她暧昧地笑着，高高举起那个遥控器，笑她："第一次见新娘子带着遥控器参加婚礼的，你这个梗，够我笑一年了。"说着，将那个遥控器递给曲浅浅，并追问道，"难不成这遥控器有什么纪念意义？不会是你们的定情信物吧？"

曲浅浅喝得微醺，讪笑着接过。碰了杯后，却觉得这遥控器看着眼熟，她好奇地盯着看，大拇指正搭在暂停/播放键上，下意识地按了下。

视线开始变得模糊，许多景象飞速地在眼前划过，那感觉就像……就像见证了时间的飞逝。

转眼间，伴娘不见了，许是不见了，乱哄哄的人群不见了，婚礼不见了。短暂的不适让她闭上双眼，再睁开时，她正坐在乱糟糟的客厅里。

满地的花瓶碎片，凌乱摆放着的男性内裤和袜子，还有一些塑料袋子，在从阳台吹过来的阵阵微风里轻轻摆动，发出轻微窸窣响声。

电视上播放着他们结婚时候的录像，正定格在向伴娘敬酒的画面上。她的手里，正拿着刚刚婚礼上出现的遥控器。

发生了什么？

刚刚看录像看得太投入，不小心代入了，就像VR眼镜一样？

曲浅浅嘴角生出一丝苦笑，和如今这满目不堪相比，过去那些的确会让人忘乎所以。她按了下播放键，想把这个录像看完。

意想不到的是，她这次清清楚楚感觉到自己从客厅里消失，回到了婚礼现场。

伴娘打趣道："问你话呢，盯着遥控器发什么呆啊？"

曲浅浅一愣，环顾四周，像是要验证什么似的，她闭上眼睛再次按了播放/暂停键。

一阵晕眩，她再度出现在客厅里，电视上的录像进度条往后播放了几十秒。

所以，刚刚她是回到了过去吗？

她盯着手上那个再普通不过的遥控器突然想起，前几天他们吵架吵得极凶。她砸了他的手机，甩到了电视屏幕上，把电视砸坏了，许是气极了，抓过遥控器砸得粉碎。那么这个遥控器是怎么来的？

难道它是一把时间之钥？

3

曲浅浅被突发的想法吓了一跳，但是——她咬着下嘴唇，看着静止的画面，想着：如果这个遥控器真的是某种时空逆转的媒介呢？

也许它可以挽救现状？要不要试试看？

当这个想法闪现后，曲浅浅再也没有办法把它从脑子里赶出去。她盯着屏幕上自己挽着许是笑得一脸灿烂的模样，她有些心疼自己，两个人之间发生的第一次吵架是在什么时候呢？能回到第一次吵架之前吗？

曲浅浅翻箱倒柜把所有储存他们生活瞬间的U盘翻了出来，连上其中一个，按记忆里的模样去快进。

快进×1，快进×2，快进×3，她不停地按着快进键，等镜头到了自己印象中的那个瞬间，她点击播放，闭上眼睛，等待奇迹的发生。

怀着莫大期望等待的时间通常都是煎熬，一分钟能活生生地掰开成60秒，每一秒都清晰可见。

"浅浅，看这里。"许是的声音还是那么动听。

曲浅浅睁开眼，许是的声音并不在耳畔，而是在电视里。

一切如故。她仍然坐在乱糟糟的客厅中间的沙发上，脚丫子搁在一条灰色的内裤边。她烦躁地拎起那条内裤，远远一扔。

刚刚肯定是自己魔怔了，居然白日梦地以为这个遥控器可以带自己回到过去，真是没救了，怪不得许是要离开自己，这么天真、这么容易做梦，怎么敌得过那个女人呢？

曲浅浅心灰意冷，仍由着录像播放着，不知不觉一个小视频已经播放结束，她拿起遥控器，后退了会儿，有些心烦意乱，正要关掉，却又按了播放键。也不知怎么了，头突然有些晕眩。曲浅浅揉着眉心，那里弥漫着疲劳心累后的酸胀。

"来，浅浅，看这里。"

这一回许是的声音格外清晰，像是透过电视来到了现实中。

她抬眼，看到许是拿着那个新买的摄像机对着她，他的眼睛被挡在漆黑的机身后，清晨柔和的白炽灯光打在他脸上，盖了一层暖光滤镜，像是自带了美颜效果。他此刻嘴角上扬，一口洁白的牙齿露了出来。

"许是——"曲浅浅木讷地回应。

"快说点什么。"许是从摄像机后露出眼睛，棕黑的眸子盯着曲浅浅，依旧带笑，"从今天起，每天早晚我都会拍一段我们的小生活，快来，说一下你今天早上有什么想法。"

竟然回到了这么甜蜜的时候，真好。

"我希望我们能永远相爱，我会一直一直陪你，只是许是，你以后不要离开我。"曲浅浅绕到许是身边，不管镜头里的成像效果，把头埋在许是胸前，瓮瓮地说着。

许是揉着她的脑袋，把一头柔软的头发打乱，浅笑："我怎么会离开你，我们这么相爱。"

就是这句话，她要的就是这句承诺。她听不腻。

可是，她也记得，在那个傍晚那个女人找上门来的前一天，他也说了这一番话。

承诺好听，却做不到那么好看。

不！不能！既然上天给了她一次机会回到过去，那么就不能够再让历史重演、悲剧重现，她一定要改变这结局。对，一定要改变，她不要一个人坐在一个冰冷的房子里，空荡荡的，一个人缅怀曾经。她低头看去，手里果然紧握着那只再寻常不过的遥控器。

这个遥控器有回到过去的能力，只要按下回放键，一旦松开按键，她就会回到画面暂停的那一瞬间，但是如果自己在"回放的过去"里按下按键，就会回到现实中了——方才回到婚礼上，正是因为无意间按了播放键，一瞬后又回到那个乱糟糟的客厅了。

就让日子停在这个纯净美好的时期吧。

等许是出门后，她把那只遥控器藏了起来。她想，只要她不去碰任何一个键，时间就不会回到现实中的此刻，就让生活从眼前的这刻开始吧。

甜蜜的日子日复一日，许是毫无异状，曲浅浅却过得小心翼翼。

有天早上醒来，身边已是空荡荡的，她急了。她不想眼睁睁地看着那样的事情再来一遍。她跳下床，光着脚丫子，踩在冰冷的地板上，往外走。客厅，没人。她哆嗦着给自己倒了一杯咖啡，往厨房望去，没人。她再摸索到卫生间旁边，还是没有许是的踪影。她慌了，不顾自己穿着暴露的睡衣，急急忙忙拉开大门就往外冲。

不料许是刚好在门外，她动作太快，撞得许是手里的豆浆油条掉了一地。白色的豆浆淋在许是一尘不染的皮鞋上，他低头动了动脚，皱眉看着曲浅浅，有些诧异，有些不解。近来，曲浅浅总是很奇怪，患得患失，像是在害怕什么。他正要抱住她安慰，却听曲浅浅的声音像炸弹炸开一样响彻整个楼道："大早上你去哪里了？"

对过的门"吱呀"一声开了，探出一只头发凌乱的脑袋，疲惫的眼睛里闪着恼怒又八卦的光芒。

许是的眉头皱得更深了，伸向曲浅浅的胳膊缩了回来，带着清晨的冷肃插进了口袋里。

曲浅浅丝毫没发觉。她满脑子想的都是许是到底是什么时候起来的，只是下楼买了两人份的早餐，还是打着买早餐的幌子做了其他事情。她不知道，她怪自己那么大意。以往，他都是喊自己起来一起买早餐的，他不喜欢一个人独行，她无比确信这点。

想着想着，她就喊出来了。

喊完后，对门的那只脑袋呼地缩了回去，门也关得紧紧的，只留下一个黑乎乎的猫眼。

许是愣住了，他隐忍地转过身。

曲浅浅也愣了。

一声脚步响起，许是头也不回地走了。一个个白色的脚印往前路盖着戳儿，弥漫着一股热腾腾的豆浆味。

如果你不曾失去最爱的事物，你就不知道这种害怕失去的感觉，越是珍惜就越会害怕，害怕到听到一丝动静就坐立不安，就会想着一万种弥补的方式。可是很多时候，越忙越乱，因为在乎，反而失去得更早更多。

曲浅浅退回屋里，她很想给许是发个短信或者打个电话，可是想来想去，她还是找出了那只遥控器。许是一直都是这样，每次两人一吵架，他就会找个地方静一静，回来后就当什么事情都没发生，可是，她不能。

有些人就是这样，不小心把喜欢的瓷器磕了一个小口，宁愿扔掉重买一只，也不愿意粘上那碎片，因为再怎么补救都会有痕迹的，它会时时刻刻提醒你，它带有伤痕。

曲浅浅就是这种人。

她手忙脚乱地找到适合的视频，思考着回到哪个时刻比较完美无缺。

4

　　许是最近好像和公司前台走得蛮近，下楼梯的时候，大波浪深V的前台假装一个趔趄，许是顺手扶了一下，手在对方腰间停顿了好几秒。

　　曲浅浅捂着口罩，墨镜后的眼睛泛着寒光，这分明是不好的开始，那么——回到过去吧。

　　许是最近频繁加班，连接她的电话都不到一分钟，是感情开始进入停滞期了吗？不，才不要出现这种情况。

　　许是今天暗示新来的实习同事有几分曲浅浅当年的模样。他说这句话的时候，嘴角的笑意浓到一筷子菜都盖不住……曲浅浅黑了脸。

　　更多的时候，是两个人不知道为什么事情就突然吵起来。一次比一次凶狠，一次比一次更琐碎。

　　每一次吵完架，曲浅浅都会趁着许是不在时，拿出那只遥控器。

　　每一次补救完，她也会想，要不就此收手吧，靠自己，要对自己的感情多一些信心。但到了那份儿上，她又情不自禁去翻柜子找遥控器。

记不得是第几次争吵了,这一次两人格外气急,又格外冷静。

"分开吧。"

许是的话像个小音响般在曲浅浅的耳边炸开。

"什么?"

"你把遥控器给我,倒回我们不曾相识的时刻。"

"什么?"

"别自欺欺人了,我们过不下去了。"许是靠在墙边,冷冷地看着曲浅浅,"你心里比谁都清楚。我看过你的日记,你拿着一只什么遥控器一次次回到过去去修补我们的感情。"

曲浅浅睁大眼睛,用力地看着许是,想从他的眼睛里看出一些玩笑的成分来。

可许是只是继续说:"你自己心里清楚,你试过多少次了,成功了吗?我们不还是走到了这一步。分开吧,回到彼此不认识的时候,对谁都好。"说完又补了一句,"我们不适合。"

那个梅雨的午后,两人在雷鸣电闪中对峙许久,最后还是曲浅浅低头了。她手忙脚乱地开错了好几次柜子,掏出遥控器,递给许是。许是要接过的时候,她又一把抽回。

"可不可以让我一个人结束这一切?"

许是看了眼曲浅浅,没有停留地开门出去了,再一次,留她一人在这空荡荡的屋里。一次又一次,任凭她怎么改变,都会回到这个结局。每一次,他都这样离开了。有时候是爱上了别人,有时候单纯对这段感情厌倦了。

一阵风从半开的窗户吹来,砰的一声,门很用力地关上了。正好,许是的背影也消失在电梯里了,他留给她的始终是一个背影。再次敞开的门轻轻晃动着,唱着细长的"呀"声,似乎在提醒着,这个屋子里只剩下她一个人了。

她看着摔在地上的花瓶,觉得这个场景似曾相识。可是她记不清了,她借着遥控器来来回回的次数太多了,她改变的事情也太多了。到现在,她都分不清哪些是原本经历的,哪些是自己刻意为之改变的。她记不清了,她只知道,她似乎错了。

有些人,有些事,是你的,终究是你的;要走的那些,终究你也拦不住的,不论你费多少心思。因为变的不是你,而是对方,他的心,你读不到。

算了。

曲浅浅认命了。她闭上眼睛,等待一地鸡毛的回归。但等了很久,自己还在雷鸣电闪中。

她睁开眼,屋子还是那个屋子,但摆设变了。屋里狼藉一片,更胜方才。她不知道发生了什么,她打量着屋子,经过镜子的时候呆住了。镜子里的自己变了个样子,绾起了自己从前嫌老气的发髻,穿的衣服也是剪裁得体但看不出情绪的深灰色。

遥控器把她带到什么时空了?为什么没有回到自己第一次使用遥控器的时间里?她拿起手机看日期,发现自己竟然身处几年后,发生了什么?

难道……她按下暂停键,回到方才的雷鸣电闪中,发疯似的去翻箱倒柜。片刻后屋里一片狼藉,在一堆物件中,乱糟糟地堆着一张张记载着他们爱情幸福时光的光碟和U盘,除此之外,还有一个很寻常不过的遥控器,和自己手里握着的一模一样。

唯一不同的是,刚刚把自己带走的遥控器的快进键已磨花了，而地上那只是后退键磨花了。

她和许是还真的是很像啊，都在逃避问题，从来不肯去面对爱情中真实发生的鸡毛蒜皮。

她将两只遥控器并排放在一起，捡起地上的剪刀，就如许是所愿吧，他累了，她也累了……当满眼都是折射着幽幽彩光的碎片时，她擦干眼泪，拿起手边的遥控器，哆嗦地按了下去……

火车轰隆轰隆地在铁轨上行驶着，摇摇晃晃的，很是催人入睡。

曲浅浅感觉到有人在拍自己的肩膀，她迷迷糊糊地睁开眼，发现自己不知何时靠在窗户边睡着了。

她看到窗外的景色模糊起来，火车明显地提速了。曲浅浅下意识地用食指的关节轻轻叩着眉心，试图缓解酸胀的疲劳。

"这位同学，你好，这是我的座位。"头顶上方有个青涩的男声传来。

曲浅浅闻言抬头，一道阳光正从对面的窗户射进来，在面前的男孩细碎的短发丛中闪闪烁烁，再落到曲浅浅的眼里，光晕晃动，一阵强烈的晕眩。似乎有些支离破碎的记忆从脑海中穿过，让她看不清眼前男孩的模样，她闭上眼睛，揉着眉心。

"你是不舒服吗？"头顶上方的语气有些迟疑，没有刚才那么坚持。

"有些头晕，估计是熬夜后遗症。"

"那这个靠窗位置就让你坐吧。"说罢，男生在曲浅浅身旁坐下，从包里掏出一本书，认真看了起来。她看到男孩在看那本书的最后一页。

过了会儿，男孩翻过最后一页，合上封底，盯着窗外，似有所思。

"这是什么书？"

男孩笑了："这是一个滞销作家写的，书名挺无聊的。"

男孩合上书，曲浅浅看到封面上写着"幸好你没嫁给他"。

"但是里面有个故事还挺有趣的，你要看吗？"

曲浅浅摇摇头，她脑袋还是晕乎乎的，不知道怎么了，突然生起了和男孩聊天的欲望，她看着对方，问："你能给我讲讲吗？"

"这是一个爱情故事。男孩和女孩彼此相爱，但都很患得患失。有一天女孩得到一个奇怪的遥控器，按了后退键，能让她回到两人美好的过去。从那以后，每一次两人发生纠纷，女孩不是去解决矛盾，反而是让自己回到过去重置他们的爱情。渐渐地，女孩上了瘾，越来越依赖遥控器，但每一次不管怎么改变，都会发生新的问题。这让她疲惫不堪。"

男孩笑了笑，看着曲浅浅，继续说："其实，男孩对这段感情，也是患得患失，他也有一个遥控器，可以快进人生，每一次遇到不开心，他就用遥控器跳过这段时空，进入解决了问题的未来。当然，结果也并不遂人意。最后，他们不得不分手。"

"他们真傻。一个想着回到过去去逃避问题，一个想要跳到未来去回避问题。都不知道路要一步步走。这个故事太无聊了,怪不得这本书不畅销。"

"你和我想的一样。"男孩把书塞进书包,笑着问女孩,"我叫许是,可以和你做个朋友吗?"

嘟嘟的四月天

时隔多年,嘟嘟再次感觉到心动。

他看着对方的眼睛,

似乎也看到了小溪在流淌。

嘟嘟是个小农夫。

在他很小的时候，他就对农夫和农夫的职责有了一定的了解。从他开始记事起，印象里全是父母背着他和哥哥姐姐们向着自家的农田出发的场景。刚开始，他还很小，只会发几个模糊的音节。父母会留下最小的哥哥抱着他，坐在树荫下，看着一家人忙忙碌碌，等到他稍微长大了些，便是他独自坐在树荫下看着一家人忙忙碌碌，而他也时常羞愧地情不自禁地追问着父母，什么时候他也可以跟他们一样在庄嫁地里忙忙碌碌。

父母在忙累的时候，会走到树荫下小坐休息。有时候沉默不语；有时候比较着自家的田地和别人家的作物；更多的时候，因禁不住嘟嘟的纠缠，开始跟他比画：以后你长大了，麦子要这么割，牛奶要那么挤；有的时候，也会看着远方，跟嘟嘟说，将来要娶个跟母亲一样的农妇，再将来要生个小小农夫……然后就这般教导小小农夫如何农作，待小小嘟长大后帮他娶个小小农妇……

在嘟嘟对这一切还懵懵懂懂的时候，他很期盼自己可以快点儿长大，期盼与父母口中述说的如出一辙的未来生活。大家都是这样生活的，他不能不跟上。

每个人的长大是早晚的事情，一开始觉得日子漫长，但转眼间，时光就给你换了副容貌。嘟嘟也不例外。很快，年复一年，他便成了一个真正的小农夫，每天随着鸡鸣，起床打水洗漱，清扫院子，劈柴喂马……有时候也会随着大家一起去赶集。那是他最开心的时候，缘由他自己也不知道，但似乎，每月一次的赶集从此就成为了他对时间的概念。

在一个寻常的日子里，嘟嘟跟家人们刚刚吃完早饭，正打算去拔花生，突然听见村子里号令鼓响了起来。

父母叹了口气，看来今天又没办法干活了。

嘟嘟却很开心地整理了下衣服。虽然号令鼓声每隔一段时间会响起一次，但这是他第一次可以参与村里的议事。村里不成文规定之一：议事会议，非到农作年龄的任何人不得参与。

嘟嘟边走边问父母道："村长这次去的哪里啊？足足走了一个多月啊，不知道这次村长带回了什么东西呢？"

最大的哥哥也皱着眉头："但愿村长这次不是把咱们辛苦交的月粮换回了几颗玻璃珠子之类的东西。"

"玻璃珠子是什么东西啊？"嘟嘟好奇地问着。

其中一个哥哥看了嘟嘟一眼，以一种不屑而又高傲的眼神，然后慢慢从口袋里掏出一个玻璃珠子，伸到嘟嘟面前。嘟嘟瞪着眼睛惊讶地看着，这是一颗非常好看的珠子，在阳光照耀下，还折射着好几种光芒。更神奇的是，珠子里面还有三片带颜色的叶子呢。嘟嘟想伸手去摸摸，哥哥却急忙收回手，十分宝贝地说："这个是我的，这次看你运气好不好，能不能抽到。"

"我倒是希望村长带回一些玉石簪子，上次带回来的簪子可漂亮了，可惜我没有抽到呢。"一个姐姐嘟着嘴，有些遗憾但又期待地自言自语着。

走到村长家院子门口，就看到一个大大的擂台，上面象征性地系着大大的红丝带，擂台的正中间摆放着一个大大的箱子。大家按照上一次坐的位置坐了下来，只有嘟嘟到处边瞧边摸着，父母也懒得喊他。一个哥哥对另外一个姐姐说道："你看，他就跟我们第一次参加会议一样。"

在村长长长的发言里，嘟嘟一直在想着这箱子里到底是什么。是一箱子麦子吗？还是哥哥说的玻璃珠子或者姐姐说的簪子？自己能不能抽到呢？

也不知道过了多久，当擂台下坐着的村民们都睡得十分舒服的时候，村长猛地敲了一下铜锣，大家又都很严肃又好奇地坐正，因为接下来，村长要揭秘这次寻回来的宝了。

村长十分虔诚地打开箱子，当大家看到摆在眼前的是一个黑乎乎的方形盒子，都十分不高兴了，村长这次寻回来的宝贝竟然只是一个黑色的盒子，重要的是，竟然只有一个，这可要怎么抽签？

村长不理会大家的吵闹，在黑盒子上折腾了几下，黑盒子正对着大家的一面，开始播放出影像。大家一阵骚动，尤其是看到黑盒子里冒出人像时。村长开始得意地解说："这个黑盒子，它叫电视，是我驾着一马车的粮食连同马车换回来的，以后我们每天休息的时候，就来看看电视吧。"

从此以后，大家每天的日程里多了看电视这个活动。

每次，嘟嘟都会看得十分认真，还经常就里面的很多细节去问父母。当父母对他接连不断的问题厌烦了后，他便追问村长，可是村长并不是经常可以看到的。于是他十分苦恼，经常一个人自言自语，然后开始发呆。

不知道从什么时候开始，每年四月的第一天，电视里都会播放国王一家的生活影像。也不知道从什么时候，影像里多了一个眼睛大大笑容甜甜的公主，当公主眨着似水的大眼睛对着屏幕自然不做作地大笑的时候,嘟嘟觉得,公主是在对他一个人笑。嘟嘟眼都不眨地看着电视里的公主。

公主对着屏幕笑意盈盈地说道:"你好,我叫朵灵。"

"你好,我叫嘟嘟。"嘟嘟心一动,突然觉得,他爱上了公主。

大家哄然大笑。

似乎从这一天起,嘟嘟的生活发生了一些别人不在意但他觉得天翻地覆的变化。清晨的白云是公主蓬蓬的白裙子,毒辣炎热的太阳是公主大大的眼睛,就连他每天打起的井水肯定也和公主喝的水是来自一个水脉的。喂马的时候,嘟嘟在想,公主一定也喜欢骑马,在电视里,他看到过公主骑马的场景。不知道公主喜欢什么样的礼物,是玻璃珠还是簪子呢?下次等村长回来,自己一定要抽到些好看的东西,这样下次见到公主的时候,就可以送给她了。

往后的每次赶集,他都会挨个问流浪诗人,你知道公主住在哪个村子吗?

很多时候,大家都大笑不止,甚至笑出了眼泪。嘟嘟也不在乎,在得不到答案后他会转身离开,去问其他人。

后来一位吟唱诗人在嘟嘟夸他的诗很美后,沉默了一会儿,告诉嘟嘟:"公主不是生活在村落里的,公主都是生活在城堡里的。"

嘟嘟眼睛亮了,问道:"真的吗?"

吟唱诗人迟疑了,结巴了句:"当……当然。你没听故事里说'从前,有一座城堡,里面住着一位公主'吗?公主自然是生活在城堡里了。"

从此嘟嘟逮住人便问道，你知道公主居住的城堡在哪里吗？

从此他的时间概念里多了四月，因为往后每年的四月，他都能看见他爱的公主，而他的公主也一年比一年更美丽。

当父母发现嘟嘟对农作的积极性渐渐没有以前那么高时，才突然意识到，嘟嘟长大了，也到了娶媳妇成家的时候了。而这个时候，嘟嘟便会拒绝。拒绝的理由是，远亲家还有一个表哥尚未结婚，自己不能赶在哥哥之前结婚。父母一听，觉得十分在理，便特地赶到表哥家里为其张罗说媒。

嘟嘟每次看到大家成群成对地忙碌时，都很骄傲地想着，我喜欢公主，我将来是要娶公主的，我才不要一辈子当个农夫，跟所有农夫一样娶个农妇呢。但我还是要努力农作，以后为公主收割作物。

愿得一人心，便也不过此番情景吧，心心念念公主多年，在渐渐长大的农作岁月里。

也不知是嘟嘟父母的媒人当得好，还是表哥突然想清楚了，表哥最后娶了嘟嘟村里的一个姑娘。嘟嘟记得表哥结婚前一晚，独自一个人在村子里最高的小土丘上，看着天际大大的那轮月亮，喝着自家酿的酒，一碗接一碗。嘟嘟去扶表哥的时候，他已经满身都湿透了，全身都弥漫着酒味，唯独眼睛还是那么清澈，清澈得跟山泉一样，一条小溪就那么流淌出来。

后来，嘟嘟有次在放牛的时候，看到过表哥一次。嘟嘟很奇怪地发现，表哥的眼睛里满是浑浊，再也不见当日的光芒。

表哥点点头,打过招呼便离去了。嘟嘟看着表哥离去的背影,脑海里满是那个夜晚,还有那清澈的小溪。

我的公主,你的眼睛里一定也是住着一条小溪的,而且是最美的溪流。嘟嘟如是想。

后来的日子里,父母连同哥哥姐姐都在帮嘟嘟物色会干家务、能吃苦的媳妇。也时常会在赶集的时候,换些结婚可能会用到的东西。全家都莫名陷入一种喜庆的氛围里,唯独嘟嘟还没进入状态,他还会在每一次赶集的时候,问着远方而来的陌生人:"你知道公主住在哪一个村子,哦不,哪一座城堡里吗?"

而每一次都是同一种结果,在大家的哄笑里离开,不同的是,嘟嘟转身的步伐越来越显得落寞。

"你等等,我知道你的公主在哪里。"

嘟嘟怔了怔,没有欣喜若狂,更多的是不可思议。

"你知道公主住在哪里?"

"是的,我知道公主在哪里。我带你去。"

嘟嘟这才打量着眼前的人,对方穿着一身黑袍,脸上也蒙着一层朦胧的面纱,只露出了眼睛。那眼睛里带着笑意,这一瞬间,嘟嘟仿佛看见了公主,他点点头,跟随对方离去。

对方走得很快,嘟嘟几乎一直小跑才能跟得上,好在对方每隔一段时间,便会停下脚步,待嘟嘟跟上,又快速前进。渐渐地,嘟嘟再也看不到熟悉的景色,可是他越来越想知道答案,也隐约担心,怕找到的不是自己原先期待的。

当他们都停住脚步,眼前却真的是一座城堡。

"公主就住在里面。"

嘟嘟正要推开门进去，却被拦住了。

"你若想进去，必须爱上我。"对方开始提要求了。

"那不行，我是爱着公主的，又怎能爱上别人呢。"嘟嘟毫不犹豫地拒绝。

"你若爱上我，我便是你心里的公主。"对方看着嘟嘟，隔着面纱，亲吻了嘟嘟的眉心。

时隔多年，嘟嘟再次感觉到心动。他看着对方的眼睛，似乎也看到了小溪在流淌。

我若爱你，你便是公主……

我爱公主……

你是公主……

所以我爱你……

"很好。"对方看着嘟嘟，笑出声来，"把心交给我，我便带你进入城堡。"

"好，我给你。但你告诉我，你真实的名字叫什么？"嘟嘟怀着最后一丝清醒问道。

"我曾经……叫公主。"对方一字一顿地回答道。

可是嘟嘟已经昏倒在地，再也没听到这句话。

然后，她便对嘟嘟施了法，轻轻地说："从此以后，叫我女巫。"

嘟嘟醒来的时候，已经身在城堡里，女巫也解下了面纱，面容美得不可言语，带着甜甜的笑。同样是大大的眼睛，只是眼睛里流转的颜色，嘟嘟一直看不懂。但嘟嘟知道，他和女巫是一对恋人，至于他怎么来这里的，怎么和女巫走到一起的，以前的他过着怎么样的生活，是记不起来了，不过他也懒得去回想。

这样的日子挺好的不是吗？为什么非要回想些过往呢，说不定没有现在这么理想，不如忘却。

唯一不好的是，他得一直待在暗黑城堡里，不能出去。而女巫随着生理期的变化，情绪也会时常变动着，有时候会温柔如水对他疯狂地好，有时候会发疯入魔般折磨他一阵子。但他一直有个意识，他是爱女巫的，爱得深沉。

直到有一天，他看到女巫在悄悄地吃着什么。他跑过去，坐在女巫身边，抱她入怀，问着："你吃什么，怎么不分点给我？"

"你不会吃的。"女巫看都没看嘟嘟一眼，顺势把头靠在嘟嘟的肩膀上，依旧吃得很香。

"啊？你在吃生肉？"嘟嘟推开女巫，喊道，"快别闹了，给我，我煮熟了，我们一起吃，生肉吃了会生病的。"

女巫赶紧抱着那一堆血肉模糊的东西跳到一边，警告着嘟嘟："你别过来！不许动这些！你不知道，人肉得生吃才能有味道！"说着，用手指擦着从嘴角溢出来的血迹，伸出舌头，贪恋地舔舐着，表情十分沉醉。

嘟嘟被吓到了，他眼看着女巫一口不停地吃着人肉，愣了许久，才喏喏地问道："女巫，你这么爱我，一定不会吃我，对不对？"

女巫继续撕扯着人肉，含糊地回答："我哪里知道以后会不会。"

嘟嘟心一抖，可是他已经离不开女巫，离不开暗黑城堡了。

渐渐地，女巫越来越爱吃人，他也越来越多地撞见女巫吃人，渐渐地，他不再害怕，只是觉察到身体里某个部分越来越空。他不再跟女巫促膝长谈，女巫也很久没在他面前撒过娇了。有时候他半夜起来，看见身边空荡荡的，也会安然如故，有时候睁开眼，会发现女巫红着眼睛看着他，一言不发。

他在等，等着什么，他自己也不知道。

可是，很显然，女巫没他那么有耐心。终于有一天，女巫对他说："我很久没吃人肉了，我要吃了你。"

"可是，你是爱我的。"

"我吃了你，也是爱你的方式。"

嘟嘟冷笑了声："那么，我也爱你，是不是也可以吃了你？"

女巫学着嘟嘟冷笑，半晌才说话："你忘了你把心都给了我，你都没有心了，哪里有资格爱？"

嘟嘟终于死心。

但女巫最终还是没有吃了嘟嘟。换句话说，嘟嘟最终没有被女巫吃掉。

就在女巫举刀准备下手那一刻，大饼姑娘出现了，之所以叫大饼姑娘，是因为她用一块大饼换走了嘟嘟。而她为什么能用大饼换走嘟嘟，大概是因为女巫没吃过大饼好奇了吧，嘟嘟简单地想。

大饼姑娘很安静，话不多，会每天烙饼给嘟嘟吃。嘟嘟渐渐习惯每天有饼吃的日子。渐渐地，他也会在大饼姑娘烙饼的时候搭把手；渐渐地，他忘记了女巫，忘记了大饼姑娘其实见证过他多么不堪的一幕，只觉得，现在的生活名正言顺得理所当然。

嘟嘟一直住在大饼姑娘家里，他不走，大饼姑娘也什么都不提。他觉得这样也不错。直到有天他听到大饼姑娘和另外一个男人的对话：

"大饼，你嫁给我吧。"

"不……"

"可是，我是真心的，我会对你好。"

"但是——"

"大饼，你心里明明知道，你烙的每块饼，都是我种的麦子——"

"你不明白，我没心。"大饼姑娘冷冷地打断男人的话，转身离开。

男人站在原地难过了很久，最终只能看着大饼姑娘的身影消失在自己的视线里，也将永远消失在自己的生命里。

嘟嘟觉得事情似乎有些蹊跷，可是又不知道哪里出了问题，他晃了晃脑袋停止思考，也拖着步子离开了。

大饼姑娘若无其事地继续烙饼，嘟嘟在一边烧着火，突然站起身，扳过大饼姑娘的身体，面对着她，一个字一个字地说："大饼姑娘，我们结婚吧。"

大饼姑娘想了想，说："可以。但是我只会烙饼，所以你要种麦子，将来我们生几个孩子，也可以种麦子烙大饼……"

在嘟嘟印象里的大饼从来没这么能说，在大饼姑娘絮絮叨叨的话语间，他想起了他的父母曾经的期盼，也一闪而过公主和女巫模糊的身影，嘟嘟迷蒙地想，那些脑海里的人和事好像有些熟悉呢。他拍了拍脑袋，或许那是场梦吧，想那么多干吗呢。谁知道呢，也许现在才是梦的开始呢。

暗黑城堡，男人要进去，是需要和女巫达成协议的，而女人是可以随便进入或离开的。大饼姑娘在很久之前误走进暗黑城堡，可是她并不怕也不急着离去，因为她暗暗爱上了嘟嘟。可是嘟嘟从来不知道暗黑城堡里有除了女巫之外的人。

大饼姑娘第一次发现女巫吃人的事情，那时候她想带嘟嘟走，可是暗黑城堡被女巫施了法，嘟嘟看不到她。女巫那时候曾戏谑地想同大饼姑娘达成某个约定，但被大饼姑娘坚决地拒绝了。但在女巫要吃掉嘟嘟的那一刻，大饼姑娘还是妥协了，将自己最重要的东西也是女巫毕生追求的东西放在一块饼里，递给女巫，换走了嘟嘟。

故事的后来，嘟嘟跟大饼姑娘很顺利地结婚生子了。

后来他们所在的村子里也有了一台电视。每年四月，电视里也会播放着国王一家的生活，只是国王不再是之前的国王，王后也不是之前的王后，重要的是，公主也不是之前的公主。只是，嘟嘟一直觉得这个王后似曾相识，而他怀里抱着的小小嘟在看到小公主的那一刻，眼睛突然明亮了起来。

这不是童话故事，嘟嘟和大饼姑娘也不是王子公主，所以我也不知道他们幸不幸福。

影子恋人

每次相完一个对象,
宫小八觉得自己生生老了好几岁,
每天晚上涂精华抹眼霜的分量都不知不觉地多加一些。

其实很早之前,宫小八就对胡一肃有所怀疑了。

他们都是某高端相亲平台的高级会员,是由大数据筛选出来最为匹配的对象。但大数据这个东西,还没有完全应用到日常生活中,再加上毕竟恋爱结婚这种事情,多少还是有点儿看感觉,所以他们抱着试试看的态度约了见面。

他们第一次见面的地点,也是大数据推荐的地方。那是一家网红餐厅,东西说不上多好吃,但装修布置很浪漫,氛围也特别好。每张桌前坐着的都是挂着完美微笑的女人和极其绅士的男人。

基于这点,宫小八对大数据的信任度增加了一分。在看到胡一肃的瞬间,她对平台的打分又加了一分。

在遇到胡一肃之前,宫小八也相亲过好多回了。有的是亲戚介绍的,这批相亲对象让宫小八很是难为情,原来她在亲戚心目中的形象居然是"能嫁掉就不错了,还挑什么挑"。而同事们介绍的,倒没那么歪瓜裂枣了,三句话下来,不仅交代了自己的家庭和收入,还跟查户口一样逼着宫小八交代家庭情况。

这个时代,男人比女人要现实多了。

每次相完一个对象,宫小八觉得自己生生老了好几岁,每天晚上涂精华抹眼霜的分量都不知不觉地多加一些。那阵子,万万不敢超过十二点睡觉的,早早就躺在床上,一边回忆相亲时的种种,一边深深打着哈欠叹着气。

起初和胡一肃见面之前,她其实也没怎么抱希望,但没想到胡一肃竟然和自己那么合拍。那天初到餐厅,她以为那个胡子拉碴穿得一身灰不啦唧的运动装的人是胡一肃,却没想到后座那个合起一本《恶意》的人朝她扬了扬手。

东野圭吾的小说里，宫小八最喜欢的就是《恶意》。两人就着东野圭吾，从文学聊到人性。直到服务员端来菜，两人才稍微停下来，也是这时，宫小八才发现，上来的菜居然大多是自己喜欢的口味。刚刚点菜的间隙，正是两人聊得兴起的时候，她都不记得自己说了什么，没想到胡一肃倒是从她的只言片语中揣摩出了自己的喜好。

真是一个贴心的男人。

女人向来感性，尤其是面对这些很取悦自己的小细节，宫小八对胡一肃的好感，便是从这个时候开始的。

那天的宫小八的穿着很森女，两边的袖子上分别系着天空蓝的绸缎，随着她的动作轻微摇摆，甚是有活力，但是夹菜的时候，这垂坠的蝴蝶结绸缎，就不是那么方便了，稍不留神，就会飘到盘子里。

这一切，也被胡一肃看在眼里，他找服务员要来一双公筷，将离宫小八稍远的菜一筷子一筷子夹进宫小八的盘子里，堆得高高的。而这一过程里，他始终面带微笑地顺着宫小八的话题聊着，很自然，丝毫没有越界之嫌。

聊天中，宫小八虽能感觉到各自喜好不同，但对方也极其耐心地听她说，再以她能接受的方式把话题带转。

这是一个分寸感拿捏得恰到好处的男人。

宫小八不得不承认，在见证了各种奇葩男之后，胡一肃的表现，简直完美得一塌糊涂。

那天结完账后，宫小八去卫生间补妆，事毕，她站在洗手池前边轻柔地挤着洗手液,边对着镜子细细地抿着嘴唇使口红服帖。就在那时,她听到了胡一肃的电话。

餐厅过于嘈杂,她听得不是很真切,断断续续边听边猜得知,胡一肃向电话里的某个人报告此次的相亲过程,末了还加了一句"放心,一切很正常,很满意"。

宫小八眉头一蹙,但也没多想。也许,这是给家人的电话吧。

第一次见面,彼此印象都很好,很快便约定了第一次正式约会。约会地点是胡一肃主动提出的,一家很有情调的西餐馆,距离宫小八工作的地方很近。

那天的胡一肃打扮得偏悠闲,手里捧着一束玫瑰,鲜艳娇嫩,在灯光下还闪着细细的水滴。

宫小八微笑着接过,轻声说着谢谢。

红玫瑰,没什么惊喜,但也不会出错。

餐后,胡一肃提出要请宫小八看电影。这也是彼此有好感的男女,彼此揣摩对方心意的必要一步。他喜欢看什么类型,你喜欢看什么类型,审美就能体现了。最后他迁就你,还是希望你听他的,性格就彰显了。他会不会为你买爆米花饮料和你人手一份,表明了他是否懂小女人的心思。席间,他是否能在你被感动得要哭的时候,及时递上纸巾,就能看出,他的心思是进入了别人的事故,还是你们的故事。

这些,胡一肃统统没有中招,让内心戏丰富的宫小八挑不出一丝差错。

要说有什么美中不足的,自然也是约会结束后宫小八坐上出租车离去,从后车镜里看到胡一肃站在车后,一边朝她挥手一边手持电话到耳边。

是在给谁打电话呢?

又是在给家人汇报约会情况吗?

他会说些什么呢?怎么评价她呢?电话那头的人,又是怎么看待她呢?

宫小八有些好奇,但是她知道,不能好奇,至少现在不能。他们的关系,还没深到可以过问这样的细节。

宫小八和胡一肃的第一次接吻,是在两人确定恋爱关系的一个月后。

那天宫小八的心情非常不好,她被新上任的女上司穿了小鞋。不久前的部门策划会上,新来的女上司莫名批评一个女同事的文案,宫小八一时看不惯,替女同事辩解了那么一句,结果引火上身。这天的年终奖评会上,女上司公报私仇,将宫小八的年终奖扣得一干二净。宫小八一气之下,当场递交了离职申请。

在光线昏暗的咖啡厅角落里,宫小八气愤地向胡一肃诉苦。说了半天后,她突然闭了嘴。她记得,以前谈恋爱的时候,也和男朋友抱怨过工作中的不如意,但那时的男朋友很厌烦这点,他会觉得是宫小八不懂人情世故职场处世之道,还把工作的负面情绪带回家影响他。

但是,胡一肃一副认真倾听的模样,让她有了一种久违的想撒娇的感觉。不知不觉中,胡一肃从对面的位置,移到了宫小八身边,两人之间的距离也越来越近。宫小八惆怅地抱怨着自己又要重新找工作时,胡一肃的手掌就搭上了她的肩头。宫小八趴在方桌上发着呆时，胡一肃的手也随着靡靡之音的调子一下一下地轻抚着宫小八的后背，像是抚摸一只撒娇的猫咪。

宫小八心知肚明，但也不说破。说到底，这适当的安抚，她很享受。

男人和女人之间，很多时候，是情不自禁的，虽说出发点或许出于博弈的心态。

起码，这一刻，宫小八觉得自己很需要胡一肃，而胡一肃也很顺着宫小八的心，去一点点捋顺她初来时直立的毛发。

就在那一刻，宫小八突然想要更加亲密的身体接触，她扬起脸，眼神无辜又可怜地看着胡一肃。微微上扬的嘴角，在微笑和懵懂之间模棱两可地摇摆着。

胡一肃的右手沿着宫小八的后背逐步上滑，途经细细的内衣带时，宫小八清晰感觉到有一束电击来自自己的左心房。就在那一刻，胡一肃低下了头。

桌子边缘的烛光暧昧不明地闪烁着，两人的面孔贴合在一起，久久才分开。

那天的后半夜，胡一肃为了哄宫小八开心，特地驱车带她去了城郊公园，两个人坐在空旷的草地上，依偎在一起，仰头盯着星空，像极了初恋时候的男女同学。

一切，都很好。

好到让人害怕这一切会失去，那会比从没经历过更让人惊慌失措。

那天凌晨，宫小八被脚麻的刺痛感刺醒。她揉着睡眼，脑子空白了好几秒钟，才想起来自己身在何处。

深棕色的车窗玻璃外，胡一肃正举着手机，说着什么。

他侧身靠在车身上，一个大大圆圆的烟圈，从他的嘴里冒出来，模糊了他的面容，氤氲了她的心情。

胡一肃该不会是个妈宝男吧？宫小八迷迷糊糊地想着。

但不久，就证实了胡一肃并非妈宝男。

又是一次约会后，宫小八上了车，看到胡一肃又在打电话。她便借着堵车偷偷下了车，从商场后门绕进去，隔着好几个路人的距离，偷听胡一肃打电话。宫小八没听清全部，但从胡一肃的语气里，她排除了胡一肃是妈宝男的可能。

然而就在宫小八将要松一口气，准备悄悄结束这次的偷听，消失在人群里时，她清楚地听到胡一肃朝着电话说了一句："胡先生，她信得过，你放心，不会节外生枝的。"

宫小八脚步一顿，胡一肃就消失在了人群中。

电话那头，一直是个男人？

为什么胡一肃要那么事无巨细地向一个男人汇报他们之间的事情？

到底是哪里不对？

宫小八不敢妄自猜测。

宫小八犹豫再三，还是将胡一肃的信息打包一起发给了一个陌生的邮箱，在对方发过来一个银行卡号后，她预付了对方指定的订金，再将支付成功的截图和她的疑问发了过去。

后来的一段时间里，宫小八常常不在状态，她常常看着胡一肃的脸，忍不住就在想，他是为了电话那头的胡先生，才找她这样一个看起来不会节外生枝的女人吗？

这一变化，胡一肃自然看在眼里。

"我们去旅游吧。"

"啊，什么？"宫小八没回过神来。

"我想给你一个承诺。"胡一肃很认真地看着宫小八，继而，他补充道，"我们在一起好几个月了。"

算算日子，两人在一起，快半年了。

成熟的爱情，这个周期足够窥见未来。

这是宫小八和她的男朋友胡一肃第一次旅行。此前，他们计划过很多次旅行，但每一次都因为工作时间而放弃。这一次出门之前，胡一肃告诉宫小八，无论发生什么，这次也要好好玩个痛快。

宫小八猜，胡一肃此行的目的应该是向她求婚的。旅行中，虽然四周的人远多于平常，但是这些陌生的面孔中，你该知道，只有那一张熟悉的面孔，究竟有多可爱，有多让人依赖。她不知道自己该怎么做。如果胡一肃不是自己猜忌的那样，那自己的犹豫会导致错失一段佳缘，但如果对方是……

可是，邮箱始终静悄悄的，没有传来任何结果。而她，在结果摆在面前之前，是不敢亲口询问破坏这一切的。感情中，最忌讳"打草惊蛇"的猜测了。

再等等吧。

可是，等到什么时候？宫小八心中生出了一个计划。

次日晚上，胡一肃和宫小八回到房间，发现房间布置得很浪漫——地板上满满的玫瑰花瓣，白色洁净的被单上也是一大簇玫瑰花，屋子里所有的光都来自玻璃杯里散发着香味的蜡烛。

胡一肃惊奇地看着宫小八，嘀咕着："我没这么安排啊。"

宫小八悄悄直起背，开口说着："是我安排的，我、我有个问题想问你。"

胡一肃高大的身形凑过来，呼吸急促含混不清地嘟哝："晚一点再问好吗？"说着，一个激吻就扑过来，宫小八甚至来不及思考，就陷入沉沦。

沉沦就沉沦吧。至少，他看起来很为她的身体着迷。

那么，故事应该不是向着自己不愿看到的方向发展吧。

应该是的。

第二天醒来，宫小八收到一份邮件：胡一肃，性别：男，性取向：女。

她扑哧一笑，锁上了手机，哼起了小曲。昨晚的旖旎历历在目。

整个白天宫小八都很开心，时不时地发自内心地傻笑。幸福这种东西，女人是很难隐藏的。

傍晚时分，胡一肃去买冰激凌了，宫小八托腮趴在邮轮的栏杆上，开始幻想着那一刻的场景，胡一肃会不会在冰激凌里藏上一枚戒指？那到时候，她是该俗套地掩面而泣呢，还是很酷地快速答应呢？

"看什么呢？"胡一肃拿着手机走过来，站在宫小八身边，将手里的冰激凌递过，柔声问道。

宫小八接过，小勺挖了一口，顺口问道："你觉得什么是爱情？"

"两个人相伴。你觉得呢？"

"两个是彼此需要的唯一的人。"

"唯一的人？如果很难找呢？"

"那我会——"

宫小八下意识地用大拇指轻叩着紧闭的牙齿，发出嗒嗒嗒的思考声。

海风正从空荡荡的海面上吹来，带着一丝丝滚烫，包裹住宫小八娇小的身躯，她的脸颊上飞来一道潮红："我这不是找到你了吗？"

说着，她歪歪脑袋，向胡一肃的肩膀蹭去。她的脑袋，离他的肩膀，是还差几厘米的最萌身高差。宫小八努力地踮了踮脚，将头够到他的肩膀上。

"我也觉得，你是一个很好的女孩，是值得走进婚姻的伴侣。"

那天的冰激凌里并没有挖出一枚钻戒，宫小八有些失望，但这失望只延续了一个晚上。第二天晚餐的时候，胡一肃开了瓶红酒，像是变戏法一样，从口袋里掏出一个金丝绒小盒子，单膝着地，仰望着问她："小八，你愿意嫁给我吗？"

每一个女人面对求婚的场景，都会抑制不住地惊讶和激动，但其实内心里早就隐隐得知这一幕大约什么时候会到来。

然而，不管预知多少，面对这一幕，等待着的女人，依然忍不住泪流满面。

宫小八也不例外。

她像极了每一部电视剧上演的那样，双手捂住嘴巴，呼吸的热气正从嘴巴里急促地吐在手心上，她能听到自己脉搏异于往常的跳动频率。宫小八点点头，细细窄窄的冰冷套上自己的无名指，然后融化成体温。她摩挲着那枚闪闪发光的戒指。

大功告成。

胡一肃猛地松一口气，急忙忙地扯开脖子上的领带，在原地转了好几个圈。

胡一肃掏出手机，激动地拨打着通话记录里最上方的那个号码。

"胡先生，我求婚成功了。"

怎么又是这个胡先生？宫小八皱紧了眉。

其实，一切都是有迹可循的。如果，当初多一点点心眼，一定就能看出来他的反常。可是，认真恋爱着的人，又怎么会戴着一副审判的眼镜去看如胶似漆的爱人呢？热恋，很容易让人迷失。

如果你觉得，认真相爱着的恋人不会戴着有目的的眼镜在观察考核你，那你就错了。这个世界上，有太多的人，他们想要的婚姻不过是搭伙过日子，无非是质量高低罢了。

有的人，会一开始就告诉你这一切。爱情不重要，他要的只是老婆，而不是太太。而有的人，则是温水煮青蛙，等你上了"贼船"，他再将自己从里到外换个遍。

有人认为，哪里是什么真心的爱人，只不过是你凑巧可以和他一起生活。既然如此，那么恋爱这个过程为什么不可以省掉，为什么不可以由旁人代替为之？我们太多太多人，要的只是结果，过程会怎样，谁会在乎？

宫小八不敢相信地看着胡一肃，噙着泪水摇着头。

"我们那么合拍。"

"不，应该说是你和胡先生合拍，我的一切言行都是模仿他，按他的指示来的。"

……

"那你带我出国旅行呢？"宫小八期待地看着胡一肃。

"那是因为恋爱手册说，旅行见三观，我得了解你……"

"那——"宫小八嘴唇张张合合，压低声音问出来，"那，那我们那天晚上呢，又算什么？"

胡一肃不好意思地挠挠头，舔了舔略起皮的下嘴唇，说："这也是考核的一部分，毕竟婚姻生活里，对性生活是有要求的。我得对客户完全地负责——"

"啪——"宫小八的右掌在发红发疼。

"宫小八，你抽什么风？"

"我想要的人是你，不是那什么劳什子胡先生。"

"宫小八，我告诉你，我只是胡先生的影子，在你面前的我，不是我，是胡先生。"

"可是，我认识的人是你。"

胡一肃摸着自己的脸颊，恼羞成怒："这个时代，谁愿意认真花精力、时间去谈一场纯粹的恋爱？"

"我，我愿意。"

胡一肃冷笑着上下打量一番宫小八："那你这辈子，怕是嫁不出去了。"说着便扭头离去,一边走一边掏出电话,"啊,胡先生对不起,我的考核有误,她居然想要谈一场真正的爱情……简直有毛病……"

美人画

那个画师,他是什么人?

他这是得了什么神经质的病,还是有什么特异功能?

他怎么可以这样任意妄为地改变一个人的容颜?

那件事发生在三天前的下午。

当时我正坐在梳妆镜前，低着头刷着手机，任由化妆师小可为我梳妆。她纤细的双手在我的头顶不停捣鼓，柔软、恰到好处的力道让我很舒畅，睡意渐渐来袭，握着手机的手渐渐无力……

"姐，您抬头，我给您补个妆。"隐约听见头顶有声音传来。

我抬头，蒙眬中扫过镜子一眼，看到自己的左脸颊处有一道画浓了的腮红，像一道正新鲜的伤口，我嘟哝着："仔细点儿。"

随即觉察不对，余光中小可的手正拿着粉扑朝那处点去，一抹钻心的疼立刻从脸颊蔓延开来，瞬间打跑了我所有的瞌睡虫。我猛地站起身来，小可手上拿着的粉盒被撞得就势从我的左肩处掉下。粉尘飞扬漫开，除了少量上升的细粉被吸入鼻腔，余下的都一股脑落下，我的全身都沾上了白色的粉末，就像一个拉面店的老板。

"姐……"小可愣住了，都忘了说对不起。

我则站起来，对着镜子，细细打量那处——的的确确是一道鲜红的伤口，正新鲜地吐着一颗颗小小的血珠，其中一半地方沾上了细腻的粉底。很快，那白蒙蒙的粉尘也被染红，正溶入伤口处。

我一把推开桌子上堆得满满当当的化妆品，哗啦啦的一阵响声吓到了满屋子的人，我不管他们投来的异样眼神，慌乱地拿起桌子上的湿纸巾，狠狠抽出来，对着镜子轻轻地擦着伤口。

一面在心里告诉自己，别说话，千万别扯动了伤口。

我的这张脸可是我的全部，我不得不小心。

直到觉得清理得差不多,我才回头怒视小可,压低声音,尽量少牵动肌肉地呵斥她:"你怎么回事?"

"姐,怎么了?"她眼里满是疑惑。这让我气不打一处来,居然可以流露出这么无辜的表情。这表情,我平时在镜头前都演绎不出来。我一面狠狠地瞪着她,一面在脑海里模拟着这个表情。

是的,我是一名五六线小演员。像我们这种在人前拼脸蛋的演员,还远远轮不到拼演技,比一比胶原蛋白或者比一比玻尿酸,要比很多东西靠谱得多。好多时候,你眼角开得大一毫米,你的戏路就宽了不止多少米。

现在我的脸上居然出现了一道伤口,而这个化妆师居然旁若无睹地往上面撒粉,这不是要害我吗?万一我命中注定能成为影后,她这不是严重地摧毁了中国电影业的发展吗?

可是小可矢口否认我脸上有伤痕,她噙着眼泪,委屈的模样可以直接拉去试镜林黛玉了。我心里又升腾起一股怒火,旁边的人纷纷靠过来。

我指着脸上的伤口,向着其他人转了个圈,瞪着小可:"你这不是睁眼说瞎话吗,这么大的伤口你看不见?"

我话音才落,小可的眼泪就滚落下来,她开始抖动着肩膀,向周围的人投送着求助的眼光。我心一横,虽然只是一个五六线的小演员,可是她连五六线的小化妆师都不算啊。我这也不算欺负人,也不想为难她,只是想知道,到底是谁,让她下这么狠的手。我厉声问:"说,谁让你把我的脸划伤的?"

"姐——"人群中有人欲言又止,终于还是说出了口,

"姐,你脸上并没任何伤口啊。"

有了敢吃螃蟹的第一个人,就有更多的人开始附和。

"是啊,安妮姐的皮肤一直这么好。"

"妆容也十分得体呢,并没有什么瑕疵啊。"

当然也少不了另类声音。

"化妆师的命真苦啊。"

"这才算什么就开始耍大牌了啊。"

"就是,还找这么一个蹩脚的理由,脸上毛都没有,还伤口……"

化妆室里的人,都看不到我脸上的伤口?

这是怎么回事,是我的眼睛有问题了吗?我对着镜子揉了揉眼睛,再次睁开,那道血迹还是很明显啊。触手即感到一丝钻心的疼,让我忍不住倒抽一口凉气。

他们究竟是看不见,还是和我开了一个集体的玩笑?

我起身进了卫生间,出来时看到新换了一名保洁阿姨,我侧过脸问她:"你觉得我的脸上这里有问题吗?"

"你皮肤好白啊。"她答非所问地回了一句。

是我的脸出了问题,还是我的眼睛出了问题?

迟疑了半天,我还是走进了省医院。

我是要看眼科呢,还是看皮肤科?我站在省医院大厅的队伍里纠结着,纠结着就排到我了。

"挂哪科?"

"我能不能同时挂皮肤科和眼科?"

大厅里的护士在一个翻白眼的动作里抬起了头,她看了我一眼,厚厚的刘海在这个天气显得有些不协调,她夸张地张着嘴:"哟,挂皮肤科吧。"

随即她嚓嚓嚓给我扔了病历本和预约单。

我一进门就对着医生扒拉了伤口,差点把脸凑到他眼皮子底下了:"你能看到我脸上的伤口吗?"我侧着脸,指着那处鲜红的裂口,眼眨也不眨。

他红着脸,那颗顶着小平头的脑袋还轻微地摇晃着,然后再也忍不住扑哧一声笑出来:"这位病人,您这是开玩笑呢?您皮肤滑若无骨,哪里来的伤口?"

我顾不上其他,奔起来跑到他面前,把他的头转过来,指着伤口,盯着他:"真的看不到?"

他眼里的笑意多了一分隐忍的意味。

我不死心,轻轻地挤弄着伤口,那道已经长了一层黑色痂的裂口立刻洇出粉嫩的红色,从黑色的痂底钻出来。

"现在呢,看到血了吗?"我期待地看着他。

他盯着我的脸又端详了一会儿,沉重地看着我的眼睛,一言不发。过了一会儿,他又问:"什么时候的事情?"

我喜出望外,终于有人相信我的话了,哦不,他一定是看到了。我忙回道:"就是今天上午。"

他拿过我的病历本,翻开,龙飞凤舞地写了几个字。

"医生,说真的,在之前我问了很多人,他们说什么都看不到,我怀疑可能是有人妒忌我最近接了某个电影——哦这个是秘密,不能透露,你知道女人的妒忌心特别恐怖,肯定是要借此毁我的容。嗯,我怀疑我身边的人都被收买了。能有此大手笔的，背后一定有一个煤老板，哦，说不定是一打煤老板做后台呢。这可怎么办，我没后台啊，我是不是也得找一个煤老板做金主啊。啊，我瞎说的，医生你别当真。"

我一不小心把心里话都说出来了，我捂着嘴，看着医生在病历本上不停地书写着。

我凑过去，但是一个字都不认识，这是我们这个时代的文明之一——医生写的字永远比甲骨文还难懂。

"我建议你找个心理医生，你这臆想症和被害妄想症有点儿严重，不过好在你还能意识到其他……"

"啪——"我举着手里的包朝他头上打去。妈的，庸医！

也许，真的是我的眼睛出现问题了。毕竟，除了我自己，谁也不觉得我的脸有什么异常。我悻悻地往回走，还是回家休息好了，说不定一觉睡醒了就什么都没了。刚回到家，还没开门就接到一个电话。

电话那头的人自称是某剧的选角导演，他那会儿刚巧在我们化妆间找人，却误打误撞地看见我和小可的拉扯，虽然他没搞清楚状况，但觉得我当时的表情和动作很有感染力，他觉得可以给我一个试镜的机会。

我掏出化妆镜来补妆，那个伤口，鲜血的颜色已经渐渐变得暗沉了。我用手轻轻触碰了下，还是有一丝丝疼的，可是我能怎么办呢，这个角色可是一个三号女主啊，我这辈子做梦都没演过三号这么重要的角色啊。

我走进一家便利店，买了一堆痘痘隐形贴，先这样将就下吧。

到了剧组，试镜，应酬，很难得没有出一丝纰漏。

一天的劳累，充实而又疲倦。

两天过去了，周围没有一个人发现我脸上有异常。

我开始相信是自己的眼睛出了问题。具体原因我也不知道，反正现代人谁还没个小病小灾呢。

估计我这毛病，就和神经性脚臭差不多道理。有些人只要一穿上鞋子就会发出恶臭，与脚气无关，与出汗无关，只要脱了鞋子就立马屁事没有。

想想挺奇幻的，要不是我曾经认识一个有这毛病的十八线，打死我也不敢信。这个世界就是这样，什么都有可能。我这毛病大概是什么所谓的神经性眼疾吧，只要不碍事就成。

第三天上午，我接到剧组的电话，说是让大家赶紧去剧组，今天有个大咖要过来。

说是大咖，其实是个白富美，比正常白富美还要白还要富有，背后的那个男人，钱多得像是开印钞厂一样的。白富美刚刚从国外游学回来，正式加入我们要拍的这部戏，为此导演特地换掉了原定的女一号。

"没办法，谁让她是个大美人，又投资了那么多钱呢！"

我一进剧组就听到大家都在八卦这个神秘的白富美，这年头，谁还没个好奇心啊。噱头这么大，谁不想看看到底是何方神圣。我扫了一眼四周，大家脸上都布着各种各样的神情，但是毫无例外的是，大多数女人嘴角都微撇，似乎是保留着一丝呼之欲出的嘲弄，就等那个女人的到来，好扬给她看。

等了好一会儿，只见一辆黝黑的房车自远而近驶来。制片人打个手势，一堆摄影师蜂拥而至，停在快门键上的食指弯曲得体，像是石刻的一样，纹丝不动。

嘈杂中，听不清车门打开声，但是那尖细的高跟鞋踩在地上的声音清晰可闻。房车那边立马有个人喊道："怎么没有铺地毯？我们白小姐向来只走红地毯的。"

随即，人群中又是一阵躁动。导演喊着大家帮忙去铺地毯，大多数女人纷纷退后一步，望向别处，我迟钝了一步，被导演拉了过去，只好低着头和大家一阵忙，给铺上了一道红地毯。

一阵快门声咔咔地响着，白色耀眼的闪光灯此起彼伏，我感觉自己眼睛里像是淌过一条牛奶河，一阵晕眩，我跌坐在地上。

到底是我的神经性眼疾犯了，还是这个世界就流行"皇帝的新装"？

那个女人……竟是绝色美人吗？我抬着头，仰视着快走近我的那个穿得像个不染凡尘的"仙子"的女人——白裙下摆的脚踝纤细，腰身曲线令人羡慕，胳膊白皙，胸脯饱满，脖颈修长，落在锁骨窝里的青色柔软，可是那张脸……

我仿佛灵魂出窍了，动弹不得，嘴唇张开，却没法发出一个音节，耳边全是男人们赞叹的声音，鼻腔里全是女人们酸溜溜的味道，只有我，像是梦魇一般，僵坐在地毯的一角。

直到右侧胳膊上有恒温动物细腻皮肤的触感，我才恍然如梦醒。扶我起身的，想必只有没角色的群演了吧。

我想道声谢，但目光还停留在地毯上那个女人的"脸"上，移不开。

"咦，这女人好丑啊，脸上那一道伤疤，看着令人想吐，他们是眼瞎吗？"

是谁,竟说出了我的心里话,我循声看去,竟是有些眼熟,再仔细辨识,似乎是那天帮我挂号的医院护士。

"你是省医院的前台护士?"我问。

对方语气很冲:"怎么,不许我们白衣天使来群演啊?我就好这口。"过了会儿,她指着我脸,问,"哟,你这伤口像是恶化了啊,怎么任它流血不涂上药啊?"

她,竟能看见我脸上有伤?

她也能看到白富美脸上有伤,她是和我得了一样的眼疾,还是——我看到的就是事实?

我看着她,正要发问,却发现她的刘海异常厚,情不自禁想伸手去触摸,被她一侧脸躲开,一瞬间她的刘海飘起来了,就一瞬间,但是够了,我看到了。

她的额头上,一片血肉模糊,像是被剥了皮一样。

"你的额头?"我呆住。

"你能看到我的额头上的……"她惊道。

"你不也是能看到我脸上,还有——"我指着红毯上的白富美,"她脸上的伤口吗?"

我们不顾周围,悄悄地退出人群,商量着找一处安静的地方好好梳理下彼此最近是不是招惹了什么共同的东西。

她提议:"我家就在这附近,不然去我家坐吧,我们聊这样的话题,怕在哪里都不太适合。"

原本我以为我们会发现什么,但最后的结果只是疲惫地瘫在她家沙发上,到天亮也没理出一丝头绪,除了确定我们能看到彼此的伤口。

天亮时分,终于我们都说累了。

我和她道了个别,从沙发上爬起来,摇摇晃晃地摸索到门口,要穿鞋子走人。许是趴得久了,腿有些发麻,一个没站稳,就从鞋架处摔倒了,摔倒前下意识地抓着某个东西。

"砰。"

"刺啦……"

我倒地的瞬间,好像撕坏了什么。

"没事,也就一张画纸。"护士瞄了一眼我的脚下,有气无力地解释。

我俯下身,轻轻击打着发麻的腿,也顺势瞅了一眼被我撕坏的画纸。只觉得上面的Logo好像在哪里见过。

直到回到了家,我突然想起来我也有一张这样Logo的画纸。

不久前我经朋友介绍,在那家很神秘的私人画室里画的。现在想来有些奇怪,画的时候我很激动很兴奋,但是画完后我竟像是忘记了那画一般从未想过要打开它,甚至潜意识里有些抗拒——我走到墙角,小心翼翼地撕开封装纸。

里面竟是两张画纸,一张空白,只有Logo,和省医院护士家里的一样。而另一张——画得实在太过逼真了。我看着看着就以为自己是在照镜子,我不禁伸手去摸眼前画上的脸。

一阵痛感,袭上来。

似电影特效一般,我看到画上左脸的位置正慢慢绽放着一道鲜艳的伤口。

伤口的位置,与我脸上的这道,没有丝毫偏差。我颤抖着拿湿纸巾轻轻擦拭着画面,清理着画中伤口上的颜色,做完这一切，猛地一回头，看到镜子里，自己脸上的伤口竟小了许多。

一个念头闪过脑海。

不，这太荒唐了！

但我已经被自己的想法驱动了身体，我翻出柜子里的那套旧颜料，开始调色。大学时候，我也是曾学过几年画的，虽然技法生疏了，但是补一块色，还是没有问题的。

我认真地调色，一点点在另外一张纸上试色，直到颜色与画上那肤色无异。我举起笔，憋着一口气，把那道鲜红的伤口，给填了。

时间就像河水一样，无声无息地流淌着。

我蹲在镜子前面，鼓足了勇气才敢抬头看，居然，和我那疯狂的想法一样。

脸上那道伤口，消失了。

有些被遗忘的记忆开始复苏。我突然想起来，当天画完画后，画师和我闲聊，丝毫没有要将画给我的意思。后来在我的提议下，他才递给我一卷纸，而我当时因为好奇，趁着他不注意又悄悄拿了旁边的一卷，想看看他给别人画的是什么样子。

现在想来，怕是他当时给我的就是这一卷空白吧。

突然，我没忍住打了一个哆嗦。

那个画师，他是什么人？他这是得了什么神经质的病，还是有什么特异功能？

他怎么可以这样任意妄为地改变一个人的容颜？

继而，我又想起省医院的护士，我得去告诉她，两个人的力量总大过我一个人。对，我得去告诉她。

我拎起画，急匆匆地去拉开门，开门的瞬间，我看到一个黑影站在门口，下一个瞬间，一只手朝我劈来，我没躲开……

再度醒来时，发现自己被绑在一张椅子上，椅子位于这个空间的小角落里，正中央是一个背对我低头作画的男人。

我记起来了，这是那天的画室，那间与我脸上的伤有着密切关系的画室。

那个我只看到脊背的男人就是那个画师，也就是刚刚打晕我的人。

"没想到你居然发现了画的秘密。"

我轻轻地扭动着，想要挣脱绳索，不经意间发出一丝细微的声响，他听到了。

"你居然知道把画上的伤口给补了，虽然我这里收集的皮肤很多，但是如果不把你绑来，你要是告诉了其他人，我这里的皮肤可要一块块消失了，那我的美人——"

说着，他停了下来，站起来，朝着前方走去。这时我才透过画架的支架看到画板前面的榻榻米上躺着一个人。那人的上半身被杂七杂八的物什挡住了，再加上逆光，我只能通过随着呼吸起伏的胸脯，判断那是一个熟睡的女人。应该就是他嘴里的"美人"吧。

画师转过身，脸藏在卫衣的大帽子里，像是Cosplay《刺客信条》一样，我看得不真切。

"你不知道，我可找了你好长时间，幸好在你还没坏事的时候找到了。"他扬了扬我的画像。

"你怎么知道是我……"我眯着眼睛，移开视线。

"你想问的是,我怎么知道是你补全了画?"

心一抖。

"我给你们每个人画画,都悄悄地收集了一块皮肤,每块皮肤我都有特制的标记,能对应上是谁。而你们每个人,都是我千挑万选出来的,自然早在给你们画之前,就摸清了你们的底细。"他又重新坐回去,拿起笔,逆着光的笑容有些惨淡瘆人,"我要给我的美人画出举世无双的容颜。"

还没到本命年呢,怎么最近遇到的净是奇怪的事情?

我看着他近乎疯狂地在一张平整光滑的纸上作画,一笔一笔,极细地描绘,非常细致。

半天光景,一张栩栩如生的人脸跃然纸上,就像一张真脸一样,不,不对,就像是人皮一样。

"你觉得美吗?"他像是突然想起我,停下笔,问道。

我无力地看着那纸上的人皮,真的很美啊,谁要是有这皮相,可谓能倾城倾国祸害人间了,但是正由于太过逼真,反而显得两个眼眶空荡荡的,甚是吓人。

忽然心里一抖,他……该不是要我的眼睛吧?

像是看穿了我的想法似的,他接着说:"收集这些皮肤不是很难,挑肤质好的人作画就行,但是这双眼睛,我真的费了好大工夫。"他转过头看着我,忽而一笑,"待会儿我画出来,看你能不能猜出来是谁的眼睛。"

"我猜不出来。"

我低着头,小声嘀咕着:"其实,你画了也没用,虽然常人看不到我们脸上的变化,但是我们自己可以看到。还有,其他遭遇过……"我仔细地斟酌着用词,"她们也能看到。"

"哦?你看到了谁?"

我摇着头,不说话。

他干脆起身,走到我身边,触摸着我脸上那块完好的皮肤:"这才好了伤疤,是想继续画上一笔吗?"

"我们剧组新来的白富美,我也不知道她名字。"我心虚地皱着眉,不敢看他的眼睛,但是又不得不看,小心翼翼地辨识着他的微表情,判断他接下来的举动。

"她那张脸,我不知道别人看起来是什么样子的,可是我看着就是一道道像干了的蜡烛油一样的伤疤。"

"原来我的画有这样的漏洞。"他沉思了好一会儿。这个过程,他的手指一直在我的脸上来回滑动,冰冷冷,力度很轻微,微微发痒。

突然间,他起身回到画架前,继续作画。也不知道过了多久,他终于画好眼睛了。我所在的角度恰好被他的手挡住了,看不真切,只能看着他认真又谨慎地坐在画架前,不停地填补几笔,继而又思索好久,再填上一笔。

时间这个东西,实在有趣。明明这光景对我来说极其枯燥,十分无聊,我甚至是忍着全身渐渐发麻的痛苦去数着墙上那挂钟的秒针摇摆的声音度过的。但是一眨眼,却就到了他画笔落下的时候。

我没有看到画,但是我看到他满眼绽放光彩。他小心翼翼地将画收好,卷起来,藏进锅盆里,再锁进保险柜里。

当然要细细看管了,画即脸。画在,脸在;画丢,脸毁。

"说起来,我要感谢你和我说的那些。这会儿,我雕刻出来的美,你们也是可以看见的。"

又过了一会儿,他对着我说:"你真幸运,能见证这么奇迹的一刻。"

身上的酸麻已经好过来了,我扭着头,迫不及待地看着他温柔抚摸着的那个女人的脸颊,也不知道过了多久,他扶她起身。

"真美啊。"我呆呆地看着那个女人,不由发出感叹。

女人懵懂地看着我,再诧异地看着他,迟疑着:"她是?"

画师早在唤醒女人之前就给我松绑了。他笑得自然:"一个过来帮忙收拾画室的兼职工。"

我像是抓住稻草的溺水者,拼命地点着头:"老板,今天的活儿也干完了,我可以先走了吗?"

画师表情冷住。

美人虚弱地环顾一周,开口:"你这画室这么大,人家一个小姑娘也不容易,今天周末也让人家早点儿回去吧。"

今天周末?大脑来不及思索了,只得点着头。

"好。"画师凑到我身边,轻声威胁我,"念你今天也算帮了我,就放了你,但是你的画在我这里,所以你应该知道,如果你说出半个字,意味着什么。"

我呆呆地只管点头:"明白明白,今天看到的一切我只会烂在肚子里。"

我看看画师,又看看美人,只求早点脱身,恨不得此刻能生出翅膀。

"我们送你到楼下吧。"美人很礼貌很温柔,让我心跳慢了一拍,像是要停止跳动一样。

不晓得为什么,我心里有些慌。美人的脸……好像有些水光流动。我揉揉眼,肯定是我现在太过惶恐了。我在心里警告自己,别想这些没用的了,赶紧走,赶紧搬家,不,家也不用搬了,收拾细软,赶紧离开这个城市吧。

10楼,9楼,8楼……电梯缓缓下降,我的脚指头全弓在鞋头里,用力地压着,我能感觉到大脚指头已经在袜子上抠出了一个洞,一半的指头卡在紧巴巴的洞里,生生地别扭着,脚心已微微出汗。

"叮——"到了一楼,电梯门终于开了。

大厅里传来拖鞋慵懒的摩擦声,他瞪着我,警告的眼神很是明显,我点点头,咬紧嘴唇,低头离开。

那拖鞋声空荡荡地回荡在耳边,越来越近,甚至那窸窸窣窣的塑料袋轻轻晃动声,也变得明显。我低头走出电梯,看到了那双拖鞋的主人的脚,满是皱纹,目光上移,是一条松垮垮的灰色棉睡裤,布满小蓝点。

周围太安静了,我似乎听到了电梯门合起来的声音,继而听到拖鞋大妈散漫地按着电梯,喊着:"小伙儿,别关,等等大妈。"

可是下一个瞬间,就听到大妈惊恐地尖叫:"啊啊啊!鬼啊!"

然后一条灰色的身影从我身边闪过,蹦出了大厅,我的发丝在飘动着,我木讷地转头,看到那个"美人"一脸无辜地看着大妈离去的方向……

第四辑
我忘了我自己

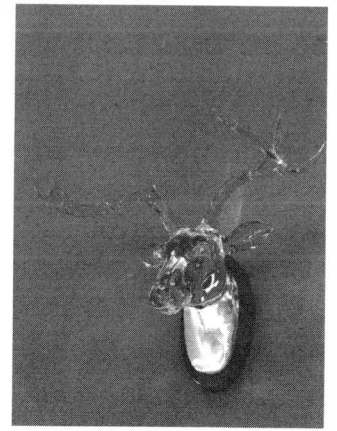

流沙河往事

这个地方唯一让我想不通的是,
地上明明一个孔都没有,
却能不停地往上冒着一阵阵烟雾,
又不似人间炊烟那样带着丝丝呛人的烟火味。

1

在他不叫沙和尚的时候，我就逼过婚，可是他看都没看我，只是轻飘飘一句：神仙和妖怪是不能谈恋爱的。

后来他终于也被贬成了妖怪，我再去逼婚，他还是眼皮都没抬，就轻飘飘一句：娶是可以娶，但是你得先治好你的秃头。

我一头扑进水里，任由河水漫过我的头顶，凉飕飕的，很舒服。有些男人的审美真的是狗屁，我头顶这么光洁，这是美的象征，他一个傻大个居然这么没眼光。

我一边恨恨地想，一边心虚地捏紧了口袋里的那串头形手链，那头骨摸起来滑滑的，凉凉的，很是舒服，也很是耐看，讲真心话，我是发自内心觉得光头其实很好看的，可是——

我躲在浑浊的河底偷偷转过头看他，他正出神地看着天空。

我心里生出一丝丝疼，紧紧握住那手串，暗暗在心里发誓：别怕，我一定会帮你回去的，如果不能，至少我不会让别人毁了你的幸福。

2

其实我知道他不喜欢流沙河。

但是我特别喜欢这里,因为这是我们第一次相遇的地方。

那一年,我从混沌中醒来,发现自己正躺在一条小河里晒太阳。

那时候的流沙河还不叫流沙河,那时候的流沙河还没那么多的沙石,那时候的流沙河河水清澈。我喜欢每天都窝在河里一边泡澡一边捉小青蛙玩,然后逼着小青蛙妖和癞蛤蟆妖成亲,还给他们布置婚房,每天日子过得特别充实。

直到有天发现来来往往都是成双成对时,突然觉得自己有点儿寂寞。那一刻,我看着河底的淤泥都能想到"拥抱"这个词。我觉得,是时候给自己找一个伴了,可是无论是青蛙还是癞蛤蟆都不愿意和我结婚,他们说我毛少,摸起来很没有手感。我十分惆怅地躺在大荷叶上面望着天空思过。

想我对待单身妖怪这么善良,为什么就没有妖怪懂我的好呢?

想我水性好到统治一方水域,为什么就没有妖怪来追求我呢?

想我头发稀疏美得倾国倾城,为什么就没有妖怪愿意娶我呢?

我对着天空问了三个哲学问题,可是没有人回答我,只有一只尚未成年的青蛙朝我"呱呱"了两声,就跳进水里,滋我一脸尿。

就在我气冲冲地擦着脸,恶狠狠地打算去把刚刚那只青蛙绑回来强行成亲之时，头顶上方飘来一团厚厚的云彩，越来越厚，越来越低，看起来比河底的淤泥还要软和。

我看到一个高大的男人板着脸双手垂立站在云上，许是站累了，他抬了抬脚，然后嗖的一声飘了过去。

我盯着他远去的背影，再侧头看看河里忙着挖洞房的青蛙妖，突然觉得自己的境界高了一层。

我为什么非要想着嫁给一个妖怪呢？为什么我不能嫁给血统更高贵的神仙呢？

这个想法一冒出，我就激动得头大，然后眼前一黑，脑袋一涨，晕了过去。

等我醒过来时，发现自己在一个陌生的地方。

这个地方布置得特别华丽，香气缭绕，隐隐约约有好听的音乐声断断续续、轻轻飘飘地传来。但这些不是重点。我虽然是一名野生的妖怪，但还是见过世面的。几根破管子拉出来的声音算什么，我还会吹口哨呢。

这个地方唯一让我想不通的是，地上明明一个孔都没有，却能不停地往上冒着一阵阵烟雾，又不似人间炊烟那样带着丝丝呛人的烟火味，清清冷冷的，像是在初冬之夜走了一宿的少女的脸，冰凉凉、软绵绵。

我蹲在那地方不停地看着这些烟雾，想着，如果我能搞清楚这名堂，以后嫁人的时候，洞房就可以多出一种花样的，肯定能让那些青蛙羡慕得后悔没娶我。

哼！

可惜纵使我聪明绝顶，还是没弄明白这是怎么回事。

"你在干吗？"背后突然传来一个低沉的男人的声音。

我猛地一回头，发现竟是昏倒之前看到踩着云的男人。他换掉白天的一套盔甲，现在穿着一身很喜庆的红色衣服。

博学多识的我当然知道这就是传说中的喜服。

难道，月老是我心里的蛔虫？我再回头看看这云烟，啊，难道这是给我布置的婚房？

幸福来得太突然了。

"那个，我还没准备好。"我无师自通地学会了矜持。

他朝我走来，双脚踢散一团团的烟雾，特别像腾云驾雾的样子。

神仙就是帅啊。

我瞬间想起上一回在普陀山的森林里，看到一只母孔雀眼巴巴地冲一只开屏的公孔雀狂奔过去的模样。不由自主地一遍遍摸着我那光滑的头顶，想吸引他的目光。

他弯下腰，伸手抚向我的额头。一股很清新的气息顿时包围了我，让我有了一种将自己沉到河底淤泥里的舒适感，但脸还是不可思议地红了。我很想故作大方地对他笑笑，却感觉到头顶那块光洁的皮肤一阵阵发紧，一股涨痛从头传遍周身。

"水……"我再一次晕了过去。

再次醒来的时候，发现他正慌张地端着一个水壶看着我。我的头顶涨痛得厉害，没时间想太多，夺过水壶朝自己的脑袋浇去。

他一下子跌倒在地。

头顶的涨痛瞬间舒缓开来，那渐渐干枯的皮肤又渐渐滋润起来。

啊，真的好舒服。我不禁发出叹息。拿水泼头，真真是这个世界上最舒畅的事情了。

一壶水泼完了才发现他正奇怪地盯着我，神色很是难受的样子。

"你也要水吗？"我将只残留几滴水的水壶朝他头顶倒去。

他躲开，皱着眉头自言自语：我那会儿在云上只是不小心掉落了一只很轻的靴子而已，难道把她脑袋砸坏了？

我猛地爬起来，红着脖子问他是哪只靴子。他吓了一跳，说了一句"我去喊大夫"就慌慌张张地跑了。

我重新躺回来，在想是他左脚的靴子还是右脚的呢。哎呀不管了，反正这只靴子我一定要收藏起来，这可是我们爱情的信物啊。这就是一只红娘靴子啊。

多新鲜啊，有谁的姻缘是由一只靴子引起来的？没有吧没有吧，开天辟地也就我这一例了。

3

我在天庭住了很多天。

按理说我一个无意间出现在天上的小妖怪整天到处闲逛，是应该被扔下诛仙台任其自生自灭的，但由于我的品种稀罕，太上老君提议将我留在天上，封个一官半职，供他研究，说不定能从我身上提取一些什么能炼成奇效的丹药。

大家商量了半天发现天上已经没有空职了，编都编不出一个多余的职位了。我就这样又闲逛了好久，后来大家看我水性非常好，便在天蓬元帅的队伍里给我挂了小兵的头衔，没有俸禄，但好在自由，我也乐得开心。

反正只要在天上，就能看到他，隔三岔五被老君拉去割一块皮算什么呢，只要他不把我的头顶挖了就好。

而且每次我指着伤口给他看的时候，他眼睛里流露出来的愤愤不平，让我感觉很温暖。我知道，这种情绪，不管在仙界还是妖界都是一个意思——关心我。

他经常一边替我包扎伤口一边后悔地说："我不该带你来天上。那会儿见你晕倒了半天不醒，怕你就此散了修为才去找老君求了一颗仙丹，哪知道，其实只要给你一瓢水就能醒来。"

我暧昧地盯着他的脸，学着从天蓬元帅那里听来的情话："弱水三千，我只取你这一瓢。"

他脸一沉："你一个母河童，这么没羞没臊的，小心以后找不到公河童嫁了。"

"其实我觉得河童是可以跨物种成亲且繁殖的。"我偷偷瞄他，继续说，"听说杂交生的娃会遗传父母双方的优点。"

我正要补一句"比如说我和你"，却听他没好气地说："那你最好找个毛发比较多的公猴子互补下，你这脱发症有点儿严重。"

我气得半死。

不知道要怎么说服他，我们河童是头顶越没毛越漂亮。看来跨越物种之间的审美观，还是一个大工程啊。

可是他不仅不懂我的美，还不懂我的求偶之心。

每次我都厚着脸皮没羞没臊明着暗着表示我的爱慕之心，可是他从来不当一回事。常常一下一下敲着我头顶那块硬邦邦的壳，好几次敲着敲着竟然还打着节拍开心地哼起歌来。

常常听嫦娥骂天蓬元帅是呆子，其实我眼前这家伙才是真正的呆子。

为此我跑去找过好多回月老。每次月老都是跟我说："小河童啊，你还是随便找个男人嫁了吧，女人的青春比较短，你看你老得毛都快掉没了，老朽的头发都比你多啊。这样下去，怕是生不出娃来了。你要是生不出娃，就得给人家做小了……"

然后月老就向我科普凡间那些小妾被大老婆整得人不人鬼不鬼的例子。

每次我都会把自己代入进去，感觉被虐得非常爽。

等月老说完，我就给他科普，我们河童生来就是秃一块头皮的。那块头皮越秃越硬邦邦就表示越美丽。说的次数多了，我自己也信了。

可是月老年纪大了，每每听完就忘了。不过这些不重要。关于我美不美老不老这个概念，只要他知道就好，我才不在乎别人怎么看呢。我和月老混关系，只是为了偷看他的姻缘簿。如果他的另一半是我最好，如果不是，我就偷偷改了。反正大不了被扔到凡间再修炼一回呗。

我坚信，为了爱情，我的篡改是有意义的。

可是我将月老那十几间房子的姻缘簿都翻完了，也没找到他的名字。

我问月老，为什么有些人的名字不在姻缘簿上。

月老扒拉着我垂在两腮的杂毛，缓缓摇着头否定：所有人的名字都会在姻缘簿上，除非——

"除非啥？"我拿着月老的茶壶往头上浇着。月老不知道，他这茶水浇头皮，会让人产生心跳脸红类似恋爱的感觉呢。

"小河童啊，反正你能嫁的不能嫁的都在姻缘簿上，不在姻缘簿上的那些人啊，你也别问，都是天机。"

我非常失落。

月老却突然兴奋起来："小河童啊你的头发虽少，但是很结实啊，要不我拔几把用来做成红线吧。感觉把那些我看不惯的人绑在一起，看他们爱不了恨不得的样子很有趣呢。为了回报你，我可以偷偷把你的姻缘改了。"

我摇摇头，示意月老可以随便拔，我也不用改姻缘，反正他的名字也不在上面。

哪知道月老这个老眼昏花的家伙，居然在我发呆的时候几乎拔光了我的头发，我由一个貌美如花的母河童变成了一个只有刘海的母河童了。

我对着镜子看了又看，觉得从正面看过来，其实并不是很影响美观，便扔了镜子又去等他换岗。

那天晚上他有些不开心。

他打量着几乎秃头的我看了半天。

在沉默半天后，提议将我送回凡间，免得我继续受到一些不公正的待遇。

我摆摆手,还能有什么更大的麻烦啊,只要是不掀了我的头皮,我都能接受。

"为了爱情,我能忍的。"我透着稀疏的刘海缝隙看着他。

他骂了句"傻瓜"就走了。

我却兴奋得一夜未眠。天蓬元帅说过了,男人口中的"傻瓜"就是"亲爱"的意思。

没想到掉了一头毛,却促使我们的感情更深了。这买卖太划得来了。我摸着光溜溜的头皮盘算着大概要多久才能全长出来,到时候再让月老拔一回,再来他这儿求安慰,这样一来二回,嘿嘿嘿……

4

不管是神仙,还是妖怪,寿命都是极长极长的,长到我们常常忘了自己活了多久。我以为千年万年的时光就这样轻飘飘地逝去,终有一天我会打动他,之后两人一起归隐山林生儿育女去。

如果那只多毛的猴子没有出现,如果我没有遇到那只猴子,或许一切就都不一样了。

那天,蟠桃熟了,整个天空都弥漫着桃子的芬芳。

就连鼻子不够灵敏的我,都被那四溢的香气陶醉得有点儿神魂颠倒。

我扒拉着两腮的毛发，学着仙女们盘头做了一个稀疏的发髻，一蹦三跳地去找他。

春天铁定是个适合发情的季节。一路上我看到了天蓬在对嫦娥唱情歌，吴刚在拿着小青菜哄着小白兔，就连那只多毛的猴子，也在调戏一个穿着紫色霞云仙服的小仙女……

终于赶在他出门前找到了他。

他惊道："你的毛又怎么了？"

"傻样儿。"我拿食指比了比他的额头，慢动作眨着双眼，悄悄施展着法力，让一个个红艳艳的桃心从眼角溢出来，朝他荡去，包裹在他四周。

他浑身一哆嗦。

嗯，我知道，此刻他的心肯定也在剧烈地跳动着。

"嗨，卷帘小伙子，我喜欢你。其实是想嫁给你，滚来滚去生上一窝神妖杂种的那种喜欢。"

他的眉头皱了皱，下巴快掉到了胸前，可就是半晌不说话。

暧昧温暖的空气，就在我们之间一点点冷掉，僵住。

我再没脸没皮，大概也是知道了。没脸没皮这么多回，无非就是真的喜欢他，可是他不喜欢我，又能怎么办呢？

"你要是跟了我，生下来的就是神胎，不叫杂种。"他淡淡地回道，然后迈步走开。

"哎，这是什么意思？"

我忙拉回那个没脸没皮的自己，拦住他，他没理我。

我索性跌倒在地，紧紧地抱住他的靴子。啊，这是当初砸中我的那双，真真是我的红娘靴子啊。我忍不住要亲吻那双神靴了。

他拉我起身，脸色微红。

"等今天从天庭换岗回来，就告诉你这是什么意思。"而后，他一路小跑离去。

这这这，是落荒而逃吗？

老娘终于要翻身做主人了啊。

可是，我却把到手的幸福亲手毁了。

我一路心花怒放地往回走，遇到了那只多毛的猴子蹲在地上发呆。

我想了想，朝他挪了过去。

"哎，你毛好多啊。"我摆着笑脸示好。

"你毛才多！"孙悟空转过头，白了眼睛，咧着嘴，样貌十分可怕。却在下一秒钟，捂着肚子笑倒在地。

不记得第几个傻男人是这副表情了。

"你是女的？"

"嗯。"我点头。

"太惨了，俺齐天大圣就送你点儿猴毛吧。"

说话间，我的头顶就多了一片黄黄的毛，有股浓浓的虱子味。但我顾不得那么多了，只有满心的喜悦。

看，这下我符合他们神仙的审美了吧。

为了感谢孙悟空，我悄悄凑近他耳朵，告诉他："刚刚那个小仙女啊，现在应该在蟠桃园采桃子呢。"

他眼一眨，表示懂了，也低声说："小河童，从现在起，你就是俺齐天大圣的朋友了，以后俺罩着你。"说罢，就变成烟飘走了。

我往天庭跑去，一边跑一边想：我要让他第一时间看到不再秃头的漂漂亮亮的我。

跑着跑着我又在想，等回头再遇到孙悟空，向他讨要颗蟠桃，掰开，你一半我一半地坐在一起慢慢吃。那样子，应该很浪漫吧。

跑到天庭外的荷花池时，我又在想，以后杂交生的娃，真的都像他一样好看吗？如果头皮的毛都那么多，别人会不会不知道是我生的啊？

就在我十分苦恼的时候，我看到孙悟空从眼前飘过。

一声巨响，整个天庭晃了晃。

我猛地跌倒在荷花池里。

早在这之前，他就警告过我，谁都可以开玩笑，就是不能靠近孙悟空，否则会万劫不复。

之前我不信，我在想，孙悟空不过就是毛多。

现在，我信了。

我看着那只琉璃盏飞到他手里，他一个没接稳，碎片四散。王母一道锐利的眼神落在他身上。

我知道，我的期望，终究又成了梦。

当天，他就被神差扔下了天庭，坠地后，就成了和我一样的妖，没日没夜地发呆不理人。

5

天太热了,怕热的我躲进了河底的淤泥里,在睡梦里回忆了一番前尘往事。

再睁开眼时,天已经黑透了。

我算了算日子,问他:"你这几天要去五指山了吗?"

"这次不想去了。"他在黑暗里摇了摇头。

我心里涌出一丝惧意来,我问他:"你难道不想去看看那只猴子被救出来没有吗?"

"可是我已经等了五百年了。"他说完这句话便不再吭声,悄无声息地沉到了水底。

五百年前,他还不懂水性,如今他水性怕是要好过天蓬元帅了吧。

五百年前孙悟空大闹天宫后,我也跟在他身后,偷偷跳了下来。

此生,他在哪儿,我就在哪儿,不离不弃。下凡后的他被剔除了仙骨,只留下一具肉身,头发由于长又不打理变得乱糟糟起来,胡子拉碴,衣服破旧,再也不是曾经那个大将了。我记得在天庭的时候,我常常跑到角落里偷看他。

那时候他就站在那门边,笔挺地站着,每天扶着那个闪闪发亮的帘子,让每个经过的人过去,再放下来。那一套动作简直如行云流水，帅极了。

那时候，他们叫他卷帘大将。现在，大家叫他流沙河的妖怪。

天上地上，果然不一样。

起初，他不愿意与任何人接近，一看到我就凶我，让我走。后来，他也就不管我了，只是不和我说话。再后来，他默许了我也在这流沙河住了下来，偶尔和我说上几句话。

那时候的我觉得自己一下子长大了起来，从前我连吃饭都会弄脏头发，到后来我竟然还能照顾好一个下凡的神仙。

前后花了好些年，在河边建了一间小屋子，闲来没事给附近大大小小的妖怪修剪多余的毛发，靠此来换取一些水果食物，分出一大份给他，剩下一些给自己。

每隔一段时间，趁他睡着了，替他修剪头发。不然现在的他怕是脏到我都认不出来了吧。

我看着空荡荡的东边，那里黑黝黝的，像是什么都没有。但是我知道，很快就会有人从那个方向而来。

那晚我失眠了。

这五百年里，因为他在身旁，我其实过得很安心。一共也就失眠过十回。第一回是五百年前去看孙悟空那天晚上。

是啊，五百年前，我曾去看过孙悟空，他咬牙切齿地说："老子从石头里蹦出来，可不是要这么一个被困在石山里的结局。"

那会儿我还不知道孙悟空这一困就是五百年，我小心翼翼地安慰孙悟空："我也是从水里漂来的，如今又回到水里生活。

你说这是不是因果报应啊?"

"你现在的生活叫作享福,还没到报应的时候呢。"

那时候我还不知道,有什么开头,就会有什么结局。我以为流沙河就是我的结局,却不知道天命早就安排了我的结局。

那天子夜时分,孙悟空趁着封印力量减弱,告诉了我一个秘密。

6

我开始每天看着东方,白天黑夜都朝那边看着。不眠不休,只有头皮发麻的时候,给自己头顶浇一壶水。

我想,我一定是魔怔了。我焦躁,疯狂地掉头发,头发几天都不晓得洗,一挠头都能抓出一把沙子。

他那段时间经常看着我,欲言又止。

他不说话我也不敢说,生怕自己露了怯。

有天,他突然说:"河童,你的心意我一直知道,都过了五百年了,我想所谓使命可能是菩萨搞错了。"

我大气不敢出,默默地听他说,眼睛还是时刻警惕地看着东方。

"从前,我是仙,你是妖,我们是没有姻缘的。如今既然我们都是妖,那就在一起吧。"

我呆了。

我的头皮在发紧，可是我顾不得浇水了，只是定定地看着他，看着漫天的星星在他的头边眨眼睛。渐渐地，星星变得模糊，他的五官也变得模糊。

我抹了一把眼睛。

真丢祖宗的脸，身为河童的我居然哭了。太丢人了，这是鲛人才干的糗事啊。

他伸手在衣兜里摸了半天，掏出一个七拼八凑的小瓶子递给我："这是我此生最重要的东西，送你了，它代表了我的心意。"

我的头皮又发紧了，可是我顾不得了，哪怕此刻是干枯死了，我也要先接过来。

那是琉璃盏啊。从天庭被打碎后散落凡间的琉璃盏啊。

他花了五百年才收集到所有的碎片，一片一片拼凑起来的琉璃盏啊。

我要是鲛人，我此刻肯定富可敌国了。我擦着怎么也止不住的眼泪，想着我也要送他什么信物才好。

我一把就掏出了那个手串。

上面九个一模一样大小一致的头形装饰。

他看了应该很是喜欢，因为他笑了。他接过，比画了下。

"我一个汉子戴着手链挺怪的，也怕打打杀杀弄坏了，这样吧——"他随即念了一个咒，将其变大了些，顺溜地挂到了脖子上。

原本我是怕这头骨太过触目才念咒缩小了，如今他放大了后，竟是有些瘆人。

他低头看了又看，无意地说："看起来很像是人的头骨呢。要不是知道你的秉性，我还以为你杀人了。"

我心一抖。目光朝东方移了移，那里一片漆黑。

五百年前孙悟空告诉过我一个秘密。我不知道他是怎么知道的，但是我听完后大惊。

我是一个河童，一个妖，自然是有法力轻而易举地杀死一个凡胎，但是我从没杀过生。

我怕。

可是孙悟空瞪着被太上老君烧得闪闪发亮的眼睛，恶狠狠地说："我知道你喜欢他。如果你不去做这件事，我和他，还有很多人很多妖，都将不得安宁！"

从那以后，每隔几十年，我都算着日子把他支开，然后去杀一个过路人。

那是一个头锃亮锃亮，眉清目秀，唇红齿白，一说话就让人如沐春风般舒服的男人。每一世，他都长得一个模样，因为每一世，他都是那个人的转世。

我做的这一切，都是瞒着他的。我知道，他也在等这个人。

所有人都在等那个人，等他来救赎，也等他来毁灭。

每一次杀那个人，我都会颤抖着把他的头骨剔下来，灌注法力进去，将他上面被赋予的灵力封住，免得他被观音大士的杨柳枝复活。这是孙悟空教我的办法。

孙悟空说只有这样，他这一世的转世才能彻底死去，直到轮回长大。虽然也就几十年，但是起码这几十年内，我们所有人都可以安静地过日子。

7

但是我不能告诉他,我送他的手链上的头骨,的的确确是人头骨,的的确确那每一个人都是我杀的。

第二天一早,他第一次很配合地让我给他修剪头发。

他安静地坐着,安静地跟我说,他打算再去见一次孙悟空,之后就安心当一只妖怪,从此不问世事了。

我心里一喜。那个人经过此地的日子要到了,他这一走,我便可以继续神不知鬼不觉地杀了那人。

他顿了顿,侧身握住我的手:"等我,等我从五指山回来,就操办我们的婚事。"

我涨红了脸,第一次觉得害羞。头皮虽然又是一阵发麻,却在麻后如淋了一壶琼浆玉液。

我点点头,道:"你安心去吧。"

他走后,我日夜守着东方,甚至使唤周围的小妖帮我填了一个小山坡,时刻向东方眺望着。

等着那个人慢悠悠而来。但是那个人一直没来。

一开始我担心那人因为体力不支而延迟到来,会和他的归期相撞。可是后来我想,也许是因为那人死在别处了。

好多天后,他回来了。

他说他快到五指山的时候看到一场人间的婚礼,看了好久特别感动，于是没去五指山，而是找了一户员外家干了几天苦力，挣到了一笔钱买了些东西。

"你没去看孙悟空？"

他点点头："我去挣钱买东西了。"

说着，递给我一个包袱。我狐疑地打开，里面是两套喜服，真正的喜服。他挠着头，说人间的习俗是男人负责置办这些，所以他就想靠自己的劳动买回来。

我们大婚那天周围十里都喜气洋洋，附近大大小小被我们欺负过的、没被我们欺负过的妖怪都赶了过来，带着各个山头各个湖泊的特产。

流沙河一时间到处都是妖。

我一直安静地坐在我盖的那间小屋子里，第一次乖巧地盖着红盖头，安静地等待着。

也不知过了多久，嘈杂声渐渐向我这边靠近。越来越近，我甚至隐隐看到他那双大脚正一步步向我走来。

近了，还有三步。

还有两步……

还有一步……

我甚至感觉到他的手已经停在了我的红盖头上方了。

我这五百年的夙愿即将达成。

大伙儿都静了下来，想必是在等待着激动人心的一刻吧。

"阿弥陀佛。"

我突然听到一句陌生又熟悉的男人声音，那声音听上去，如同让人置身鸟语花香中，却让我如跌入冰湖。

是那人？

"哪个是流沙河的妖怪？给俺老孙站出来！"

从前我从诛仙台路过无数次，每每一靠近就变得浑身不舒服，而此刻阳光普照，我却感觉似是从那诛仙台上掉了下去般。

我哆嗦着掀开红盖头，往前趔趄了好几步。

那个一身是毛的猴子穿了一件虎皮衣，针法歪歪扭扭，但却很干净。身后那个光头男人眉清目秀唇红齿白，正双手合十，眼睛却越过我停在了我身后的他身上。

第十世的金蝉子转世，还是来了。

就差这一天，我没能杀了他。

就差这一秒，我没能嫁给他。

一切都没了。

我知道，一切都没了。

其实我原本也不敢奢望，只是好歹等他把我这红盖头掀开再来啊。

命运如此。

但我不死心，我悄悄将孙悟空拉到一旁。

"我已经杀了九个转世金蝉子了，这第十个怎么和你在一起？"

"他替俺揭了如来那封印，给了俺自由……"

"你不是说这是虚像，妥协不能换回真正的自由吗？"

"有，总比没有好些。"

"可是孙悟空，你不是说绝对不能去西天吗？"

"时光易逝，寂寞难挨。俺老孙想通了，既然是命，那就顺着它走一回。"

"不，我不信命。我要杀了他！"我突然发狠道。

孙悟空掏出如意金箍棒，朝我一挥，龇牙咧嘴一副凶状："走开，念在旧情俺不杀你，否则就凭你这女妖的身份，俺老孙早就一棒打得你魂飞魄散！"

五百年的时间是不是太久了，连孙悟空都变了？

是了，孙悟空也变了呢。从前他自称是"俺齐天大圣"，如今是"俺老孙"。

我抱着他从集市上淘来的凤冠，跌坐在沙石上，午后的太阳异常地大、异常地亮，身下的沙石一片滚烫，但我却无力起身。

这时一个猪脸人身的妖怪靠过来，小声说："小河童，其实这五百年，我们都变了啊。"

我看着他那丑陋的脸，判断着他那熟悉的声音，丝毫对应不上曾经弱水河畔那英姿飒爽的形象。

"你是曾经的天蓬元帅吗？"

"我是如今的猪八戒。"他别过脸。

8

在我们进行大婚的那天，我看着他朝那个叫三藏的光头跪下，由其将他剃成一个光头。

啊，如今头发比我还少了呢。我好歹只是半光头，他却全光了呢。

我定定地看着那些由我打理了五百年的青丝连根落下。

"发断，情断。"

我听到有人低语。

而后，他重重地点了点头。

"是，师父。"他应道。

"悟净，"那人唤了一声给他新取的名字，摇摇头，"是，命。"

我想随行，可是他再转过身，已经是陌生的面孔和神色。

我看懂了，那目光虽落在了我这方，但那瞳孔里却没了我。

"小河童，此生就此别过。"他双手合十，不再看我。

我拉住他的衣袖不放，恳求他："可不可以掀了我的红盖头再走？"

他不语，冰凉粗糙的手，生硬地掰开我的手，对我双手合十，而后转身，再也没回头。

那天，我和附近的小妖们目送着他们离开。我看着他每走一步，就有一缕残发自衣襟飘落。

好吧，你走了就走了。

我在流沙河，等你。

反正也就一趟西行。

别说十几年了，就算百年千年万年，在我们妖怪的世界里，也不过一眨眼一个哈欠罢了。

反正你的琉璃盏在我手里，反正我还是那个聪明绝顶、貌美如花的小河童，反正这里还有好多单身的小青蛙妖等着我给他们乱点鸳鸯呢……

反正，你如果不回来，我就去找你啊。

反正，我没脸没皮惯了。五百年都等过来了，还怕什么一趟西行之旅。

9

自他走后，我才知道原来的日子都是流星飞逝，后来的单相思，一分一秒，都是斗转星移般漫长。

我也不记得过了十几年了。

那天突然凭空出现一个小仙，不由分说，拉着我一阵腾云驾雾。让我突然想起第一次看见他的模样。我看着远处发呆，却见他一直没从我的回忆里消失。

我好奇，揉揉眼睛，云下方一行人中那个挑着担子的，居然真的是他。

"他们说，你愿为他做任何事？"身旁的小仙突然问。

我点点头："当然了。"

"包括死？"

我朝下看，他和那几个人正站在一条河边，那条河波涛汹涌着，靠近他们的岸边有一条船，那船泛着金光，却没有船底。

我不知道小仙这话是什么意思，但我知道仙人不会平白无故这么好心让我见他一面。

我依旧看着他，缓缓点点头。

"好，那你替他去死吧。"

小仙跟我说，他们历经磨难，一路走到这里，西行快结束了，这条河不是他们的难，而那船也是命运的安排，特地停靠在此来渡他们的。他即将回到天上了，但是还需要最后一步。

唐僧是金蝉子转世，渡河时可以丢掉凡胎江流儿，孙悟空有上天替他创造的六耳猕猴身，天蓬可以抛弃猪身，就连小白龙也有白马的替身，只有他，没有人替他抛却肉身。

"除非有个与他命运息息相关的人替他去死。"小仙说，"你本也是他成仙之时灵力灌注的一个小河怪，如今也算是报了恩情了。每个人都有自己的命格，从水里来，到水里去，这是你一早就注定的命运。"

我记得五百年前，我为自己回到流沙河倍感欣慰，而那时被困的孙悟空却说那不是我的最终归宿，原来这才是。

不过对河童来说，只要回到水里就好。再说，他成了佛之后，也会忘记我的。与其余生难挨，不如就此别过了。

"好啊。"

话音未落，就被小仙用力一推，身子急速往下掉，耳旁呼呼生风。

我倔强地扭着脖子，看着他的方向，我眼都不敢眨一下，我怕，这眼闭上了，再也没机会睁开了，因为我怕，再也看不到他了。

我看到他随着众人踏上了那艘船。在阳光下，我看到他脖子上依旧戴着那串头骨项链，正如——我从衣襟里掏出那琉璃盏，爱曾经来过，其实已经够了。

我扑通一声落在了下游的水里，四肢像要炸开般，硬邦邦的头顶触及这片水，入骨的冰冷，顺着脑壳的裂缝钻进了身体里。

冰冷之后，便是一阵急速的干枯感，我用尽力气转动着眼珠。

很好，我看到一群人正在西天尽头迎接他们呢，他应该已经渡过河了吧。只是很可惜，我不能看到他那刻腾云驾雾的模样了……

七个小时后

他盯着那条微博发呆,
直到看到下面回复的评论一条条多起来,
他才确定——这个女人,还活着。

1

第三十四名顾客又出现了——那紧皱的眉头很配那一身黑衣打扮。

对方脾气不太好,说话非常不客气,近乎吼道:你到底什么时候下手?

送走第三十四名顾客后,他起身进了暗室,掏出相机,按了开机键,一个女人的浴袍照跳出来,脸颊一片满足后的潮红,衣襟半张,平坦没有内容。然而这不是他关心的问题,他向来不在意任何一个女人的身材和脸蛋。

他掏出一盒香烟,从上到下从左到右,挨个抽出,沿着桌边排成一排,逐一点燃,二十缕烟气在眼前萦绕,他僵着身体方才得到释放,突然瘫在椅背上,陷入了沉思。

那个女人还活着?

2

他叫赵象。

他妈妈生他的时候,他爸爸正好在隔壁病房下象棋,一听生了,一激动移错了"车",被对手破了象阵,就取名一个"象"字。小时候经常有人打趣他长大做一名照相的师傅,他闻言委屈地噘嘴跑开。长大后,大人们倒是不再提起这些小玩笑,只是没想到在大学毕业后,他真的开了一家摄影工作室。

工作室位于闹市区,面积不大不小,每天在熙熙攘攘中开门,在余晖散尽后关门。

赵象的摄影水平不错,尤其是拍摄人物。他天生有一种能抓住人们想要在镜头上表达情感的天赋,故而能拍出人们想要的风格——想要呈现他们期待的镜头美。但他只接受预订,且看心情接单,导致生意并没有太好,基本维持工作室的开销。

那天,他正在给一个女生拍摄一组青春文艺照。他举着相机不停地指点女生的姿势和表情。

工作室不大,稍有动静便会响彻角落。此刻的室内除了快门的响声,还有一下一下非常有节奏、此起彼伏的嗑瓜子声。

坐在一旁嗑着瓜子的两个人是这家工作室的员工。赵象养着一个化妆师和一个助理。化妆师一天的工作有限,她负责给顾客化上他们想要的妆容,她手法向来很好,技巧娴熟,包括偶尔留下来陪他过夜,也是尽善尽美。除此之外的时间,便是一边嗑着瓜子,一边做着其他的事情,有时候是发呆,有时候是拿修剪得圆润的指甲在屏幕上刷着淘宝,常常一刷就是一天。

她身边的小平头男人就是助理了,他负责打理工作室的日常,比如上网更新经过允许的那些拍得不错的顾客照片,接受订单,预约时间,接待客人。

许是天气的缘故,今天很悠闲。

化妆师盯着正将一个旁轴相机道具给客人照相的赵象——他身形修长，堪比模特，裁剪得体的风衣套在他身上，原本得体修身，却因左侧口袋里塞得鼓鼓的而显得格外不搭配。

不用想，都知道，那个口袋里放着的正是他最为宝贝的旧相机。

赵象为人向来大方且大度，但唯独那个相机从不曾让任何人碰过，那是一个看起来有些残破到辨识不出Logo和品牌的相机，他无时无刻不随身携带。

可是她又从来没见老板用过那个相机。

化妆师叹了口气，吐出嘴里的瓜子壳。她总觉得他是一个谜，一开始还以为可以借着枕边风吹吹，套一点儿秘密出来，但每次总是沉沦在无上的欲望里，而赵象，也从来不回答那个相机的一切问题。

"你说，老板的那个相机到底是什么宝贝？"她问身边的助理，没有应答，她转头，发现助理正盯着门口的布帘。

她顺着目光望去。

如同电影慢动作般，布帘的一角被缓缓掀起，一股风雨的寒意顷刻入侵。

第三十四名顾客就是那时进来的。

来人穿着黑色连帽衫，松松垮垮的黑帽子盖在脑袋上，挡住了半张脸，剩下的半张笼罩在帽子的阴影里，夹着雨气，看得不真切。黑衣人块头很大，挽起的袖子上的线条分明凸起，连帽衫除了帽子的地方松垮，其他地方都快绷不住那如同雕刻般的肌肉了。

"什么时候有这种身材，也不用愁泡吧的时候泡不到妞了。"助理看着黑衣人的胸肌，像是回应化妆师刚刚的问话。

黑衣人没有理睬两人，径自朝拍照的赵象走去。

3

"我哥请你来给我拍写真？"

孟慧一脸质疑地看着赵象，半永久的一字眉挑得老高，脸颊两边的雀斑随着眉毛落下而一抖。孟慧打小懒惰惯了。这般好天气的大早上被一个不速之客打搅，坦白说，在开门的那瞬间，她原本是打算把他痛骂一顿，呵斥离开的。但是在看到赵象面容的那一秒钟之后，她把他迎进了屋子。

她好奇，哥哥找这么一个脸部轮廓俊朗的男人来究竟是不是只为了拍照。她的秉性，哥哥向来是知道的，当然，哥哥的为人，她向来也知晓。

可是，这个男人——长T下迎着阳光的身形，若隐若现地彰显着成熟男人的荷尔蒙，是不争的诱惑。

赵象手扶着单肩包的背带，没有多言，径自放下包裹，撩起长T的下摆，上下扇着，看似很热。随着衣角的摆动，孟慧的视线也在上下游移。

她本就不是什么良家少女，那三分狐疑七分欲望的心思，瞬间抖落无遗。

赵象假装没有看见这些,他放下衣角,开始捣鼓相机,摆支架,调焦距,眯着眼不经意地朝着孟慧的方向按了下快门,咔嚓一声,白光闪过。

"孟小姐,你想去哪个公园?"他挑眉,浅笑,客气得很绅士。

像是六月天的脸,孟慧顷刻就换了一副面孔,也笑意盈盈回复他:"不用,我喜欢在室内拍。"

赵象稍微有些迟疑:"那我们回店里?"

"不用麻烦,我换套衣服就可以。"

赵象摆了个OK的手势。反正,他从来没有辜负过任何一位雇主的委托,只不过是多等片刻罢了。他朝孟慧笑笑,一口白牙,在阳光下闪闪发光。

孟慧拐进一个房间,关门的刹那,调皮地向赵象眨了眨眼。女人咬下唇的模样,似乎向男人传达着性暗示。

赵象看着顷刻间紧闭的房门,耸耸肩。他是一个正常的男人,来者不拒。更何况,其实每一次执行任务,他也都对这种暗示顺水推舟,算是别样的送行吧。古时候秋后问斩前,也会管囚犯一顿饱饭的。只要不是过分的要求,他都尽力满足,何况这种能愉悦自己的事情。

处理孟慧是一件很简单的事情。赵象几乎不费吹灰之力,很轻松地给她拍了套性感写真,还顺势被她拉倒在沙发里,完事后,她还怂恿赵象给她拍了张面带潮红的浴袍照。

他自然不会拒绝。

他只要保证,这个女人被他那个宝贝相机拍摄过,其他的都是赠品。

他真正的身份是一个顶尖的杀手，杀人从来不留痕迹，很轻松地就让被杀的人从这个世界上彻底消失，一桩一桩，都是悬案，至今没有勘破。

没有人会知道，他杀人的武器就是这个相机。

也是因为这个相机，他从来没有失手过。

4

赵象第一次杀人是十一年前，那是他第一次获得这个相机，在一家二手店。他一眼相中了这个标价0.99元的"马维卡2号"。

据看店的少女掌柜说，这个马维卡2号是她爷爷的遗物，为了纪念世界上第一架不用感光胶片的电子静物照相机——马维卡。她爷爷拆了好几个相机，自己组装的这样一个升级版"马维卡"。

反正也只有0.99元，即使只是摆设，买了也不亏。

少女掌柜坚持找回他一分钱："爷爷说过，这个相机只卖9毛9，必须找客人一分钱。客人可要好好使用这个相机哦，据说是有特异功能呢。"

他当时还诧异，一个不到一块钱的相机能有什么特异功能，然而第二天他就知道了——这个相机能让被拍摄过的人，彻底从这个世界上消失。

一开始，他很惊恐。

不是没去找过那家二手店，但是人去楼空，像是它的存在只为他的到来一样。

从质疑到恐怖，再到习以为常，接受宿命，不过是时间问题。

而后，他又试着拿着那个相机拍过几个人，无一例外，那些人都从这个世界毫无痕迹地消失了。

起初他只是为了验证自己的猜测。一而再再而三后，变成了嗜血成性。这种独特的功能，让他走上了神秘杀手之路。

没有一个人能像他一样，做到杀人不留痕。

可如今，第三十四个顾客的委托任务，那个叫孟慧的女人，现在还活着。

二十根香烟的火光在烟雾笼罩的小房间里一闪一闪，烟草味过浓，惹得他的嗓子隐隐发痒，他摩擦着屏幕里孟慧的照片，紧皱眉头。

他需要找到原因。

5

相机从来没有出现过差错，问题只能发生在孟慧身上。

赵象请了私家侦探跟踪孟慧的日常，分析她平时和哪些人接触。虽然孟慧也享有她父亲的遗产，但按合同规定，在结婚前她的财政大权由其哥哥把控，日子过得并不奢侈。加上她为人刻薄吝啬，身边交心陪着逛街的朋友都没有一个，向来是独来独往去酒吧买醉，跟随或带领一两个男人回家过夜。简单说，她的交际圈其实很简单，没有什么不寻常的地方，也没有邪乎的地方。

一个星期过去了，他不得不承认，自己没找到任何蛛丝马迹，孟慧的不死之谜，或许就是一个意外，超出自己理解能力的意外。

他不死心地再次对孟慧拍照，也丝毫没有异状。

似乎，相机的摄魂功能对她无效。

他再次把自己关在烟雾缭绕的小黑屋里，他想不通为什么会有这个意外。这个意外，是因为孟慧的体质特殊吗？比如她身上有什么古老后裔的血脉？继而他又摇摇头，这是大学时候修仙小说看多了。

如果孟慧没有问题，就只能是相机的问题。

是了，在孟慧之后，他没对其他人使用过相机，没法排除相机的问题，比如说概率，比如说机器的正常老化，或者神秘的魔力被无形的力量摧毁了？当这个结论冲进他脑子的时候，他就冲出了工作室，径直奔向最近的公园。

周末的公园里挤满了晒太阳的老人和跑来跑去呼喊的小孩，三三两两成群结伴。

他不想伤及太多的无辜，他只需要验证即可。他在人群中寻找单独的身影，好不容易看到一个女孩单独的背影，多年来的杀手生涯已经磨灭了他的恻隐之心，他调好焦距，就等对方转过身来。

女孩的笑很灿烂，逆着光转过脸抚弄被风吹乱的发丝时的笑脸如花，不知为何，那一瞬间的笑颜，让他想起了以前的女朋友，心一软，镜头一偏，对准了女孩前方的另一个女人。

咔嚓声落进了他的耳朵，同时也敲响了心里的一面鼓，他需要回去静待结果。正欲离去，却被刚刚回头的女孩拉住了。

女孩笑如夏荷，指着他拍下的另外一个女人："那是我花钱请来的模特，好贵呢，你偷偷拍也该平摊一部分模特费吧？"

"模特？"

他方才很焦急，根本没细看拍的人长什么样，这会儿再眯眼看去，女孩面前的女人果然是一个尤物，身材凹凸有致，与这个女孩的阳光纯情感觉，各有千秋。

"咦，赵老板？"女孩像是认出了他，盯着赵象的脸，激动地拽着他的手，差点儿打翻他手里的相机。他忙缩回手，仔细打量着相机，只听女孩继续说道："你还记得我吗，我叫小絮，上个星期在你的工作室拍过一组写真，你们修图速度太慢了，昨个打电话还说没修好。"

赵象确认相机没有磕碰才抬起眼，辨识了会儿，似乎有点儿印象，他急着要回去，便敷衍地回应："是你啊，照片我回去催催。"

"交情归交情，这模特费你还是要付的。"小絮朝赵象伸出右手，笑着说，"付钱啦。"

他嘴角上扬，真是一个可爱的女孩。若是平时，他肯定会留下来和她聊几句，但这时电话响起来了，是孟慧的。那端故作姿态的声音隔着话筒都觉察到尴尬:"赵先生,你猜我现在在哪里?"话筒那头很安静,他听觉向来很好,他听到了一声一声的嗑瓜子声。

Shit!他骂了一声,这娘儿们居然去了工作室!他最烦跟自己睡过的女人找到工作室,更何况,这关系到他的杀手职业水准。

他尽量放轻语气安抚孟慧,让她先回家自己马上赶去,但是电话那头执意"撒娇",非要在工作室里等他去接。

他又想爆粗口,却见刚刚的女孩朝他伸着手。

她是要干吗?他抽离一些思绪思考着,哦,是要他分摊模特费。他随手从口袋里抽出了什么,递到女孩手上就大步离去,消失在拥挤的人群中。

6

小絮盯着手里的男士钱包,十分诧异,她翻开,一张表情忧郁的证件照冒出来,看样子应该是学生时代的照片,她抽出来发现相片的厚度有些异常,翻开,背后居然粘着一个同样年代的女生照片,照片里的女生笑意盈盈。两个人样貌很是登对呢,应该是校园情侣吧。

她放回相片,继续翻着钱包,身份证上写着"赵象",是因为叫这个名字,所以才喜欢拍照吗?

那他知不知道他手上的相机有多危险?

女孩眯着眼，盯着赵象远去的背影在拥挤的人群中穿来穿去，目光渐渐深邃。

直到身后的尤物喊了一嗓子"小絮，还拍不拍了"，她转过头，露出灿烂的笑容，标准的八颗白齿，回应："当然了，我换个镜头继续拍。"

7

孟慧一副女主人架势参观着工作室，让化妆师十分不满意。凭女人的直觉，她知道这个女人与老板有一腿，这激起了女人的醋劲，她有些不满，嗑瓜子的声音越发大起来。

脆生生的声音，咳咳咳地敲打着赵象的心，他皱着眉，他真怀疑化妆师在嗑碧根果。

他瞪了一眼化妆师，对方识趣地停住，他又烦躁地看着孟慧，想着得赶紧把这个该死的女人弄走。

"你们也拍这种复古照啊？"孟慧指着某一张加过仿胶卷质感滤镜的照片，问赵象，"你不知道，半个月前有个人在路上拦住我，死活要给我拍一张胶卷照片。我问她理由半天不说，可是呢，拍完了到现在也没给我照片。你说这算不算侵犯了我的肖像权？"

赵象没有回答。

孟慧见状嘟着嘴继续问："你们这样挂别人的照片，算不算侵犯了肖像权?"

化妆师见赵象对孟慧并没有好脸色,心里觉得赢了一分,便白了孟慧一眼,没好气地说:"我们这是经过了客人的同意才挂的。"

"那也是有商业用途嫌疑的……"孟慧边狡辩着,边朝摄影棚走去,在暗处摸索,似乎在找灯光按钮。

赵象觉得自己一个头两个大,正要发作。

这时,门口的帘子被人掀起来了,同时一个带着笑意的声音传来:"请问赵老板在吗?"

来人是刚刚公园里的女孩小絮。她扫了一眼屋里的人,从助理的小平头扫过,目光在化妆师的红唇上停了一会儿,继而把视线停在赵象身上,她扬了扬手里的钱包,笑着解释:"模特费没那么贵,钱包给您送来啦。"

赵象这才反应过来,他居然把钱包直接递给人家了,看来这个孟慧真是灾星,遇上她,就没好事,算自己倒霉。

"赵老板今天有客人吗,如果没有的话,不如我再拍一组吧。"小絮四处张望着,也朝摄影棚走去。

"啪——"里侧摄影棚的灯光亮了。孟慧站在灯光下,看到小絮,向她走近,发问:"我的照片呢?"

小絮脸上的笑容瞬间没落,她脸上闪过一丝懊恼的神色,她摇着头,不经意地用余光瞄了一眼赵象,回孟慧:"是孟女士啊,我……要不我重新给你拍吧,这里的设备这么好。"

"重新拍,你当我是路边的阿猫阿狗吗?"孟慧开始嚷嚷起来,一来她的性子向来如此,二来她想看看赵象会不会护她帮她,"还有,你不是路边冒出来的摄影实习生吗,怎么知道我姓什么?你拍我的照片究竟是要做什么?今天你给我说清楚!"

赵象眉一皱,越拧越深,他向来烦有人在他的地盘上撒野,但又不好制止。他向化妆师递了一个眼色,化妆师立刻明白,起身拉开拽着小絮胳膊的孟慧:"这位女士,麻烦别骚扰我们的客人好吗?"

孟慧气不打一处来,喊道:"你怎么知道我就不是客人了?"

化妆师隔开两人后,对小絮说:"这位美女,你是要筛选上次拍的写真吧,跟我来。"

孟慧要拦住他,这时助理上前,拿着套餐表,递给孟慧:"姐,您要拍哪种?"

"最贵的!"孟慧没好气地喊道。

一旁的小絮见状,轻声对化妆师嘀咕了几句,在她的掩护下悄悄地离去了。

一场争论化解了。

小絮离开时,经过赵象身边,轻轻带动的风里飘来一丝甜甜的花果香,不同于孟慧身上那股浓郁的性成熟味。赵象目送小絮离去,把目光收回,孟慧还在一旁骂骂咧咧,化妆师坐在一旁的长凳上,发着呆嗑着瓜子,助理则来提醒他,该去给孟慧拍照了。

这会儿,他实在没心情拍照,只想把所有人都支走,一个人待在暗房里,调个七小时的闹钟,好好睡上一觉。但是,他看了一眼孟慧,叹了一口气,还是先把她送走吧,不然今天别想有安生日子了。

8

　　一到了孟慧家，两人就深深陷入了柔软的沙发中……

　　良久后，孟慧光着身子靠在沙发背上，熟练地点燃烟，前言不搭后语地和赵象聊着天，中途手机响过一次，她拿过解锁，扫过一眼回复一个"好"，就又继续依靠在赵象怀里。

　　不知道过了多久，下沉的夕阳透过没遮严实的窗帘空隙照进来，赵象突然想起公园女孩的笑容，再看看吞云吐雾的孟慧，心里一阵厌烦，他不着痕迹地推开孟慧，起身进了卫生间。

　　"象，我们一起洗啊？"孟慧拍着浴室门，声音比之前在工作室里要娇媚得多。赵象回了一句"我习惯一个人洗澡"后就不管门外的叫喊，索性开了花洒，冲起澡来，冲洗着身上女人的气息。

　　沐浴在洒下来的水滴里，他开始整理这一连串的事情，却越想越乱，毫无头绪。突然听到门外有动静，他烦躁地拉开浴室的门，看到孟慧正在关门，敞开的缝隙里看到一个马尾的背影，正慢慢被要关起来的门一点点遮挡住。

　　"发生什么事了？"赵象皱眉问。

　　孟慧扬了扬手里的一个小物品，对他咧嘴笑着："我的胶卷。"

赵象从浴室的架子上拿起一袋一次性毛巾，拆开，揉着湿湿的头发。

孟慧打开胶卷的小盒子，歪到赵象身上。

"这是什么时候拍的？"赵象随口问。

"两个星期之前。"孟慧举着完好的胶卷，逆着光，打量着，"就是那个叫小絮的女孩给我拍的，真的好多年没拍过胶卷照了。所以那天那个女孩说给我拍的时候，我还是蛮开心的，但是这个人真有毛病，过了这么久都没给我洗出来，刚刚送来时，还千叮咛万嘱咐，让我千万保管好，不能曝光了，最好不要打开，你说不打开怎么洗照片？"她扭了扭身子，往赵象的胸膛上更靠了一些，歪嘴，"你说是不是毛病？我不洗出来我干吗拍？"

赵象敷衍地点点头，看了看表，他待了有一会儿了，现在应该回到暗房里等待他等待的结果了。

"我要回去了。"

"这么快？"孟慧意犹未尽地拿着胶卷在赵象的胸前轻划着。赵象并没有动容，他捞起沙发上的衬衫穿上，正要扣扣子，却见孟慧的手伸过来，帮他扣好扣子，递过那胶卷："那亲爱的，你帮我洗出来好不好？"

赵象随口应了一声，掂起胶卷，满不在乎地塞进了口袋。

9

一个时辰之后,赵象已经坐在自己工作室的小黑屋里。他看着秒针一下一下抖动着,直到转完一圈,直到分针轻微地移动,直到闹钟响了。"丁零零——"铃声立马充满了烟雾缭绕的狭小空间,他起身,打开相机的屏幕。

公园里拍的那个女人正安静地躺在屏幕里,盯着镜头媚笑,深沟明目张胆,在公园里盛开鲜花的陪衬下,很是诱人。他搜了网页,找到这个女人的微博,发现她在三分钟之前更新了新动态,发的正是今天公园里小絮为她拍的照片。

他盯着那条微博发呆,直到看到下面回复的评论一条条多起来,他才确定——这个女人,还活着。

果然是相机出了问题吗?

口袋里的手机振动了一下,他伸手去掏,顺势把孟慧给的胶卷一并拿出来放在桌上。给手机解锁后发现,第三十四位顾客发来了消息:任务何时完成?

他的杀手职业生涯里从来没有发生过这样的事情,需要客户再三督促,这是第一次!他要被拉下杀手的神坛了吗?

不!

他把手机砸到一边,像是发泄般,他一把拿过桌子上的胶卷,钩出胶卷的边,一把扯出,哗啦啦啦一阵声响,悉数曝光。

到底是出了什么问题？为什么会到如今这一步？

可是，不容他再去调查，时间不等人，他必须先把孟慧处理了，再去调查相机的问题。

这一次，就靠自己动手吧。他打定了主意。

他打算约孟慧去郊游，然后神不知鬼不觉地把她推下山崖。但是拨过去的号码没人接，连打了好几个都没人接。

奇怪了，她平时对自己那么殷勤那么主动，怎么这次不理会自己？

之后不论他怎么联系孟慧，都没有回应。是自己露出了马脚，还是说，自己在最后欢好的时候不小心说了梦语，让她听到了继而逃之夭夭？不论哪种可能，总之孟慧像是消失了一般。

他去孟慧的家里找过，她的手机搁在近门口的地板上，处于关机状态。他很奇怪手机摆放的位置，这不像是特地放的位置，像是突然掉落在地上，然而绕着屋子仔仔细细检查一圈，并没有人进入的痕迹。

他捡起手机，诧异地翻看着，并没有什么可疑的线索，最后的电话都是自己打过去的。

次日，他收到一笔钱。那个数额他非常清楚，那是第三十四名客户的尾款。对方的转账留言里还客套地表示歉意和感谢。

他看着这笔转账，突然一个念头冒出来，后背微微开始发热。

他从口袋里掏出相机，开机，他翻到孟慧那一张，她闭着眼睛躺在沙发上。只消一眼，他就确定孟慧已经从世界上消失了。

但凡经过他这部相机拍摄过的人，在七小时后就会进入相机世界，被拍摄的人会在七小时后，变成黑白色的照片。只有他知晓，只要这个相机上的照片变成了黑白色，就等于照片里的人从世界上永远无痕迹地消失了。

赵象用手弹了弹屏幕，心情更加沉重，她怎么就突然到了相机世界了？发生了什么？

他又翻到公园模特那一张，色彩鲜艳得要喷出来。

如果相机没有问题，这个模特的照片应该也变成黑白色。如果相机有问题，孟慧的照片应该还是彩色的。

他突然觉得头疼，突然什么都想不明白。

直到视线不经意地瞄到地上那一卷废弃的胶卷。

他心里咯噔一下，后背沁出一层汗。或许，这个被自己拉曝光的胶卷里面，有他要的答案。

"但是这个人真有毛病，过了这么久都没给我洗出来，刚刚送来时，还千叮咛万嘱咐，让我千万保管好，不能曝光了，最好不要打开，你说不打开怎么洗照片？"孟慧的话在耳边响起。

这一系列事件中，最莫名其妙的人应该就是那个小絮了。她还曾两度来到自己的工作室。现在想来，当初她四处转悠，不是在欣赏环境或者好奇心，而是一种带有目的的打量吧。她数周前给孟慧拍过照片，同样也给那个模特拍过照片，然后这两个人同时无法出现在相机里，后来他无意间将小絮给孟慧拍摄的胶卷弄曝光了，孟慧就到了相机世界里。这个小絮每次出现的时间点总是那么恰到好处，而他恰好从来不信这个世界有巧合。

所以说，他的这个旧数码相机拍摄某个人，就会摄走那个人的生命，而如果这个人被某个胶卷相机拍摄过，他的灵魂以及实体，就相当于进入一个保护状态了，他就没法摄走那个人；一旦他摧毁了底片比如曝光，那么那个人又会重新回到他能把控的状态，会履行之前的相机摄魂原理。

当他排除掉了所有的不可能性，不管剩下的是什么，无论多么难以置信，那都是真相！

是的！他拥有这样一个相机，可以做杀人的勾当，那么这个世界上，为什么就不能够有另外一个相机可以承担救人的使命呢？这没有任何逻辑问题。

一切皆因为相机而起，当然也会因为相机而生变故。

那个小絮，她手里一定拥有某一个同样具有神秘功能的相机，并且很有可能她对自己的这个相机了如指掌。

他必须拿到那个相机！

或者，除掉她！

10

找到小絮并不难，难的是怎么让她开口。

所以，赵象决定悄悄潜入她家，说不定能在逼她开口之前找到一些他想要的，比如找到公园模特的照片曝光它，还比如那部神秘的相机。

但是他把那间小小的但很整洁的一居室翻了个底朝天，也没有找到任何他想要的东西。

直到传来开门声。

门渐渐地打开，没有声响。

两个人四目相对，神色都毫无意外。

"你就是幕后的那个人？"赵象看着小絮，先发制人。

她手上还提着超市购物袋，透出一些日常洗漱用品的轮廓，站在逆光的门把手边，整个人笼罩在夕阳的余晖中，镀着一层红艳艳的滤镜，连没扎起来的小发丝看起来都很喜庆。

直到她往屋子里走了几步，脱离了刺眼的光线，他才恍然想起，这个小身板似乎很眼熟，他突然觉得，她在自己的生活里出现的频率绝非寥寥几次。

她的脸很小，五官虽不出众，但胜在眼睛大又黑亮，眉骨很立体，下巴的弧度收得刚刚好，这种长相，在镜头前很占便宜。赵象打量着她，自来熟地接过她手里的东西，她也不躲闪，像是两个认识许久的老朋友一样。他把东西搁在玄关处的台面上，拉开袋子，挑着里面的物品，问她："怎么称呼？"

小絮微启嘴唇，刚要说话，却见他转过身来，目光自上而下倾泻，声音从头顶漫开："救世主？"

小絮没有回应，走到冰箱前，像是招呼老朋友一样，掏出一个罐子，各抓了一把绿色的茶叶，放进两个干净透彻的玻璃杯里，倒着开水，等热气腾空，茶叶打转，她才说："六安瓜片喝吗？"

"我不喝绿茶。"赵象随口说。

"瓜片不伤胃。"

小絮莫名其妙接了一句，却令他眉头一皱。她怎么知道自己不喝绿茶是为了护胃？

她调查过他？

"我的胃不是很好，但又喜欢绿茶的口感，在这个季节，就只喝瓜片了。"

她像是解释他心中的疑惑般娓娓道来。

赵象接过小絮递过来的茶杯，抿了一口，打算速战速决，掏出口袋里的相机，把玩着："你一定知道这个相机的秘密对不对？"

小絮不说话，看着他，仿佛在用眼神鼓励他继续说下去。

"把公园里那个模特的底片给我。"这是最简单的证明。

"不可能！"

很好，不需要证明了。他笑着："好，你不给我也行，我与她也无瓜葛，那把你的相机给我，我们一笔勾销。"

"你会放过我？"小絮不以为然，她从口袋里拿过一个小小的相机，在赵象眼前一晃。

赵象向前跨一步，朝小絮靠近。小絮看着他，淡淡地笑着，不语。似乎有什么地方不对劲，赵象忽而觉得脚步有千斤重，猛地一阵头晕，随即倒地不醒。

等他意识恢复时，发现自己躺在一片黑暗中。他记得意识涣散前的最后一幕，他喝了那个女人的茶水后失去了知觉，不知道自己现在在哪里，他不敢轻举妄动，直到视线适应了黑暗，并能依稀辨识屋子里摆设的轮廓。他这才发现，自己躺在自己的暗房里。

开了灯，发现室内没有被翻动过。

幸好！他心一松，继而又慌了。

他的相机不见了。

肯定是那个女人，她拿走了自己的相机。看来，她不仅是自己的克星，还知道他相机的秘密，对于他所做的事，她知道多少？

他的心突然一抖。这个女人，怕是留不得！

这一次，他选择了半夜入室。制服一个女人很简单，尤其是一个瘦小的女人，怕是她没想到自己会撬锁吧。

两人再一次四目相对。

赵象的眼里起了杀意，凶狠地盯着小絮。

"我并不想与你为敌，我只是想救人。"小絮叹了口气。

他听闻这句话，手上的力道轻了些，压低声音，犹豫地问："你能救出被相机带走的那些人？"

"你想救人？"小絮眼神有些迷离，写满了质疑。

11

没人知道，赵象杀的第一个人是他的女朋友。

那年，他十八岁。他和当时的女朋友逃课去玩，经过一家二手店，他摸着口袋里攒了一个月的生活费，想买个小礼物给女朋友，譬如说小戒指什么的。但是最后不知为何，两人一致选了那个相机。

那个标价0.99元的"马维卡2号"。

看店的少女掌柜坚持找回他一分钱,那是一枚光泽透亮但边缘有磨纹的硬币,轻飘飘的,在阿拉伯数字"1"的顶角有一个细小的孔,像是曾经被人穿线佩戴过一样。

"爷爷说过,这个相机只卖9毛9,必须找客人一分钱。客人可要好好使用这个相机哦,据说是有特异功能呢。"

女朋友当时笑着拉着他的衣角,让他待会给自己拍美美的照片。他则宠溺地点着头。

"收好这枚硬币,别弄丢了。"

两人出门时,少女掌柜的声音从耳后传来。

那天是他第一次拿起相机认真地给一个人拍照。

改良后的屏幕分辨率很高,女朋友在油菜花海里微笑的样子,像是隔着屏幕向他索吻。他们嬉闹着,奔跑着,她不停地大笑着,他不停地按着快门。

快天黑的时候,他羞红着脸,打算带她去一家民宿住一晚。

一夜缠绵后,女朋友不见了。

身侧仍有余温,被子上依稀印着人形纹路,门窗都是从内锁好的。他不知道,女朋友是怎么出去的,去了哪里,又是为什么出去的。

他寻遍那个村落的角落,总是以为她会在下一个墙头冒出脑袋告诉他,她只是和他玩躲猫猫。

悬赏、报警均无果。

最后他一个人落魄地回家了。

那天晚上他失眠了。半夜时分,月光像悄悄上涨的河水一样,缓缓漫进屋子里,镀上一层淡色的帷幔。

他在月光里打开那个相机,想看一看女朋友的容颜。相机早没电了,他耐心地等它充电,按开机键。屏幕上全是女朋友的照片,在静谧的夜晚,他看到那些彩色的照片全变成了黑白色。

十八岁的他,胆大妄为,却也在那一刻失了神,吓得魂飞魄散。

过了很久,他才能接受女朋友从这个世界上消失,进入他的相机世界了这一事实。他不是没去找过那家二手店,但是人去楼空,像是它的存在只为他的到来一样。

从质疑到恐怖,再到习以为常,接受宿命,不过就是时间问题。

而后,他走上了神秘杀手之路。

"你能救出她来吗?"他问小絮。

12

小絮听完故事不禁笑了起来。

"你笑什么?"赵象有些恼羞成怒。

"第一次听到刽子手想要救人。"小絮笑道,"再说了,这救人的法子不是没有,只是要么全救出来,要么就保持原状,你选一个。"

赵象紧紧握着相机,盯着小絮的一举一动,他突然想起什么。

"你是那个二手店的老板？这个相机就是你卖给我的？"眼前小絮的样貌和记忆中的少女掌柜的样子渐渐融为一个人，一腔怒火从心里涌起，他一把拎起小絮，逼问道，"你究竟是什么目的？"

"当年我并不知道那个相机的秘密。等后来我看到爷爷的日记，知道了这件事，才想着出山来找你，拿回相机，阻止你继续犯错。"顿了顿，小絮又说，"把那枚一分钱硬币给我，我有办法救人。"

"如果不在了呢？"赵象反问道。

小絮沉默了会儿："那你只能去自首认罪了。"

赵象心里燃起的那点希望瞬间被扑灭。那枚一分钱硬币，自己从来没在意过，这么多年过去了，不知道丢哪儿去了。他掏出自己的相机，在手中摆弄着。

小絮看明白了，笑问："现在轮到将我灭口了，是吗？"

"把你的相机给我，我就会放过你。"赵象看着小絮在灯光下那张与女朋友有些相似的侧脸，再一次对她动了恻隐之心。

"做梦吧你！"小絮突然起身朝赵象扑来，手里的杯子也朝这边倾倒，一杯水眼见着就要淋到相机，赵象一个急转身，转身过去，一抹滚烫尽数落在背上，那里立刻感到一阵发麻。

然而就在这瞬间，他抢过小絮的胶卷相机，拿出里面的胶卷，扯开，扔掉，然后当着小絮的面，将整个相机丢进浴缸里。同时，他愤怒地举起相机，瞄准小絮，按下了快门，一道白光闪过，他沉着声音："我原本不想杀你的，是你咎由自取。"

小絮没有言语，安静地坐在沙发上，那眼神里带着上帝般的垂怜，她回一个笑容给他，微微笑着抬起手腕上的腕表，嘴角动了动，看了一眼时间，眼角的笑意很明显。

赵象看到她在手表上设置了一个小闹钟。

"好了，现在我要去睡觉了。"小絮起身，经过赵象身边，指着沙发，对他说，"不如你也睡一觉吧。"

"你只有七个小时的寿命了。"赵象好意提醒她。

"那就七个小时后见了。"小絮话音刚落，已经到了房门口，砰的一声关上房门，"晚安，明天见。"

里面静悄悄的，没有半点儿声响。

赵象看着那一门之隔，想象着她刚刚的笑容，心里有些慌张。她刚刚是什么意思？她为什么突然回过头对自己说了一句"明天见"？

为什么？七个小时之后，她就会进入相机世界，就天人两隔，怎么会再相见？

"嘀嗒嘀嗒——"墙上的钟表一下一下地响着，声音像是洪水一样，充满整个客厅，赵象之前并没注意到这个钟表，似乎是刚刚才启动的一样，像是兑现着谁的倒计时一样。

他的心里生出一丝寒意来，小絮的"明天见"是因为自己的相机对她毫无作用，所以天亮之后他们都在真实的人世，所以会再见，还是她趁着自己熟睡的时候拍摄过自己，几个时辰之后，两个人会在相机世界里相见？……

他不安地拍打着小絮的门："你快说你话里是什么意思？"

只听里面缓缓传来小絮的声音："你拍我的时候正好对着

鱼缸，玻璃上有你的样子，这应该算咱们的合影。"

赵象一听慌了，这就意味着他也被相机摄中了！这下可怎么办？

小絮的声音继续传来："你我分别是两个不同相机的使用者，也算是它们的钥匙。当相机世界大门无法打开时，我们俩合在一起就是一把备用钥匙。只有我们联手，才能打开相机世界的大门。门开了，他们就能出来。为了保险起见，我事先给我们留了退路，在保证他们离开后，我们也能全身而退，但是你刚才曝光了的胶卷……"

像是一个等待分数的差生一下子被推到了榜单前，在尚未知道结果之前，神经一直紧绷着，但看到结果之后，无论好坏，那颗悬着的心都可以释怀落地了。赵象绝望地瘫倒在沙发上。

忽然他一跃而起，愤怒地将手里的相机扔进了鱼缸。这动静吓跑了围在胶卷相机周围的小鱼儿。水波渐渐淡去，鱼儿又胆大了些，凑近两个相机，好奇地绕来绕去。

如今两个相机都已经毁掉了，但相机杀人七小时的定律仍在，再过几分钟，他们就要进入相机世界了。

小絮听到门外的动静，也猜到了个大概。按照爷爷的笔记，他们能救出所有在里面的人。因为相机世界的时间和真实世界不一样，那是一种定格的囚困，进去的人，都停在拍照的那瞬间。唯一的后遗症是，他们回到现实世界需要一段适应的过程，毕竟真实世界的时间从不为谁停留。如果没人找到那枚硬币钥匙，她和赵象就会被困在那个世界里，作为交换"人质"的代价。他们会困在相机世界里，像个失踪者一样，再也不会回来。

　　是否要搭上自己的生命做代价？而之前那些死去的人该不该活过来，救还是不救？

　　再次拿起爷爷的笔记，小絮仿佛听到爷爷的声音响起来。

　　她笑了，一个决定已了然于心……